W0237538

COLLECTION
FOLIO BILINGUE

Edgar Poe

Mystification and other tales
Mystification et autres contes

Traduit de l'anglais,
préfacé et annoté
par Alain Jaubert

Gallimard

Titre original :

MYSTIFICATION AND OTHER TALES

© *Éditions Gallimard, 1989, pour la traduction française.*
© *Éditions Gallimard, 1992, pour la présente édition bilingue.*

PRÉFACE

Sur les quelque soixante-dix contes publiés par Edgar Allan Poe, quarante-six ont été traduits par Charles Baudelaire. Ce seul ensemble partagé entre trois recueils — Histoires extraordinaires, Nouvelles histoires extraordinaires, Histoires grotesques et sérieuses —, *a jusqu'à présent tenu lieu de version française reprise de génération en génération. Quoique parfois plus difficiles d'accès, certains des autres contes n'en sont pas moins importants. Les six ici rassemblés appartiennent à ce lot des « oubliés » de Baudelaire*[1]. *Ce choix, nécessairement limité, peut cependant donner un aperçu des masques si divers de l'écrivain américain. La critique récente a en effet réexploré Poe et l'a peu à peu dégagé de la mythologie noire dont l'avaient obscurci les premiers exégètes hostiles. Une nouvelle figure de l'écrivain apparaît, très différente de celle du romantique alcoolique qui nous avait été imposée.*

1. Ces textes sont extraits de l'édition Folio, *Ne pariez jamais votre tête au diable* (Folio n° 2048, Gallimard, 1989). Et cette présentation reprend quelques pages de la préface.

Le mystifique

*Au cours de l'été 1835, à peine trois semaines après la publication d'*Aventure sans pareille d'un certain Hans Pfaall *dans le* Southern Literary Messenger, *le* Sun *de New York commençait à publier une série d'articles intitulés* Discoveries in the Moon *(« découvertes sur la lune »), signés du rédacteur en chef en personne, Richard Adams Locke. Locke y rapportait des découvertes sensationnelles qu'aurait faites Sir John Herschell lui-même au Cap de Bonne-Espérance, grâce à un nouveau télescope grossissant 42 000 fois : des plantes, des cristaux géants, des animaux ressemblant à des bisons, et même des hommes semblables à des chauves-souris. Le « canard », énorme, secoua la ville de New York, mais dans un premier temps rendit Poe furieux.*

D'abord, la série d'articles de Locke faisait passer sa propre histoire au second plan. Ensuite, il était évident que c'était le Hans Pfaall *qui avait inspiré ce « scoop » encore plus énorme. Enfin, Poe avait déjà eu le projet d'écrire une nouvelle basée sur des découvertes faites par télescope, il en avait parlé autour de lui et il avait l'impression d'avoir été dépossédé de son idée. Il finit par admirer le coup et, neuf ans plus tard, c'est à Locke lui-même, qui devait l'acheter aussitôt, qu'il apportait son* Canard au ballon. *Une édition spéciale du* Sun *fut composée (13 avril 1844) qui déclencha le même type d'émotion.*

Cinq ans après Le Canard au ballon, *Poe tente un*

nouveau coup journalistique avec Von Kempelen et sa découverte. *Dans ce conte, toute sa science manipulatoire s'expose avec bonheur. Description sur le ton froid et mesuré du magazine scientifique d'une « découverte » sensationnelle qui n'est autre que la réalisation du vieux rêve des alchimistes. Cette fois, il s'agit pour Poe d'une expérience sociologique : « Si vous avez regardé l'article sur Von Kempelen », écrit-il à Evert A. Duyckinck, « vous avez dû en saisir pleinement la portée. Je le considère comme une sorte d' " exercice ", ou d'expérience, dans le style plausible ou vraisemblable. Bien entendu, il n'y a pas un mot de vérité du début à la fin. J'ai pensé qu'un tel style, appliqué à la folie de l'or, ne manquerait pas de faire de l'effet. Ma sincère opinion est que neuf personnes sur dix (même parmi les mieux informées)* croiront *à cette supercherie (pourvu que l'idée ne soit pas divulguée avant la publication) et qu'agissant ainsi comme un contrecoup brutal, quoique bien sûr temporaire, à la fièvre de l'or, cela provoquera efficacement un* événement[1]. »

La manipulation active de l'opinion publique — une de ces naïvetés appartenant à l'enfance du journalisme — est ici contrebalancée par un véritable projet moral, philosophique : il s'agit d'opposer Brême à la Californie, l'est à l'ouest, l'alchimiste (le philosophe, l'écrivain), de l'Ancien Monde au chercheur d'or (l'homme d'affaires, l'aventurier) du Nouveau. Et de montrer la fragilité intrinsèque d'une société basée sur le fétiche d'un simple métal jaune. Pour monter son « expérience », Poe rassemble en un collage burlesque toutes sortes de

1. Lettre du 8 mars 1849, *Letters, op. cit.*, II, 433.

matériaux hétérogènes. Mais l'édifice est si cohérent qu'au premier parcours, le lecteur ne peut rien déceler. L'auteur de cet article « objectif » fait référence à des savants éminents. Il décrit sans passion les résultats d'une enquête policière, avec sa chute prosaïque : la reconnaissance finale de l'inventeur et la hausse des cours du plomb dans les bourses européennes. Mais le nom de l'inventeur, Von Kempelen, rattache l'histoire à une autre célèbre mystification déjà analysée par Poe, le joueur d'échecs de Maelzel : un certain Von Kempelen avait mis au point la machine de Maelzel. Des bribes d'articles antérieurs détournés ou de Marginalia *sont collées dans le texte. Des noms d'auteurs contemporains détournés deviennent des noms de firmes ou des noms de rues. Une expérience de chimie de Sir Humphry Davy est citée : elle portait sur le protoxyde d'azote, mais le protoxyde d'azote n'est autre que le gaz hilarant.*

*En outre plusieurs allusions autobiographiques sont disséminées dans le texte : les relations épistolaires de Poe avec un jeune admirateur d'*Eureka, *George Eveleth sont évoquées. En glosant sur les mots allemands « Viele » et « Leiden », Poe reprend mot à mot une de ses anciennes notes sur* Werther *où il reproche au traducteur d'avoir rendu, dans le titre de Goethe, « Leiden » par « chagrins » et non par « souffrances ». En attribuant cette erreur au* Home Journal, *Poe renvoie en même temps à un épisode douloureux de son propre passé : en 1846, ce magazine avait lancé un appel public pour aider l'écrivain dont la femme Virginia était mourante. Enfin, en situant la rencontre du narrateur avec Von Kempelen à l'Earl's Hotel de Providence, Poe évoque un épisode beaucoup plus récent. L'année*

précédente, il avait séjourné à cet hôtel où il avait fait une lecture publique de son Principe poétique *(20 décembre 1848). Il courtisait alors une riche veuve de la ville, Sarah Helen Whitman. La conférence fut un succès. Le lendemain, le contrat de mariage était établi. Trois jours après, les fiançailles étaient rompues. Le sens de cette rencontre du narrateur avec Von Kempelen est donc clair : à l'Earl's Hotel de Providence, Poe a frôlé la richesse.*

Dans un conte plus ancien, Mystification *— dont le premier titre était* Von Jung, the Mystific *—, Poe expose le scénario d'une mystification qui repose sur un livre au langage chiffré. La figure histrionique de Ritzner Von Jung, homme-caméléon capable de dissimuler ses sentiments presque jusqu'au fantastique et d'échafauder des farces ou des vengeances à long terme, est un des masques de l'écrivain. La blague d'étudiants qui semble l'ordinaire de l'université de Göttingen a son redoutable envers, le duel. L'histoire que raconte le narrateur, c'est donc l'écriture de la mystification contre l'écriture de la loi :* Duelli lex scripta, *la loi* écrite *du duel. Von Jung, le « mystifique », ne remet pas en cause la loi, il n'en a pas le pouvoir. Mais il la subvertit de l'intérieur, et vainc son pouvoir de mort par l'écrit. Von Jung, comme d'autres membres de sa famille, s'est fait remarquer par sa «* grotesquerie *dans l'imagination », mais, écrit Poe quelques pages plus loin, il est « toujours à l'affût du grotesque ». Autrement dit, Von Jung, comme Poe, utilise le registre grotesque, mais c'est pour mieux combattre le grotesque.*

Mystifique... du grec mystes, *« initié », le mot est proche*

de mystification, *ou de* mystifier, *qui eux-mêmes sont apparus peu avant Poe, vers la fin des Lumières*[1]. *Ils naissent dans cette agitation intellectuelle prérévolutionnaire où les discours des encyclopédistes se substituent peu à peu à ceux de la religion révélée, mais où règne aussi Mesmer avec sa mystique des fluides, ses rituels initiatiques. Le baquet magnétique et les initiations maçonniques sont les nouveaux mystères de l'époque. Fortunato demande à Montrésor qui le mystifie jusqu'à la mort : « Vous n'êtes pas de la loge ? [...] vous n'êtes pas maçon ? » « Si ! Si ! » dit l'autre et il montre la truelle qui sera l'instrument de sa vengeance* (La Barrique d'Amontillado). *En société, on joue à berner les gens trop crédules. Horace Walpole, un des grands modèles de Poe, avec Byron, fait envoyer à Jean-Jacques Rousseau une fausse lettre de Frédéric II de Prusse. Farceur impénitent, il est par contre extrêmement vigilant face aux tours des autres : il analyse un poème de Chatterton présenté par celui-ci comme un manuscrit médiéval, et dévoile la supercherie, poussant, dit-on, le poète au suicide. Comme plus tard Poe, lui-même souvent léger dans ses emprunts, entreprendra une croisade assez vaine contre les « plagiats » de Longfellow et harcèlera bon nombre de ses contemporains*[2].

Le mystificateur *est aussi un* démystificateur *: Dupin,*

1. O. Bloch et W. Von Wartburg (*Dictionnaire étymologique de la langue française*, PUF, 1932) donnent pour *mystifier*, 1760, *mystification*, 1768, *mystificateur*, 1770.

2. Sur le rapport de Poe et du plagiat, voir la remarquable étude de Claude Richard, *Edgar Allan Poe, journaliste et critique*, Klincksieck, 1978.

Legrand, les narrateurs de C'est toi l'homme, *de* L'Homme qui était usé, *du* Rendez-vous, *de* La Caisse oblongue, *sont fils de Zadig. Grâce à leur méthode analytique, ils finissent toujours par trouver le chiffre, la clé, le sens de l'histoire. Il n'y a pas de surnaturel, nous répète Poe. Les signes sont à déchiffrer, à ordonner autrement. La vérité n'est certes qu'une parmi de nombreuses combinatoires, mais c'est la seule pertinente. Tout est affaire de distance comme le montre avec brio la chute du* Sphinx. *Poe a saisi qu'il se cristallisait quelque chose de fondamental autour d'une mutation linguistique, elle-même expression d'une profonde transformation philosophique. Du mot* mystère *— médiéval, cérémoniel, religieux — naît une autre famille de mots touchant à la manipulation ou à la levée des secrets. Le détective, le mystificateur, l'explorateur sont des figures de l'écrivain moderne.*

L'art du retournement

Chez Poe, la contradiction, le retournement sont les moteurs de la fiction. L'un des modes de retournement est celui de la narration elle-même. Dans bon nombre d'histoires, le personnage se dégage de situations intenables ou de situations qui, a priori *ne pourraient s'expliquer qu'en recourant à l'irrationnel. Dans* Le Puits et le pendule, *le narrateur est menacé d'une mort horrible programmée par l'Inquisition espagnole, il est sauvé* in extremis *grâce à l'entrée des troupes françaises dans la ville. Parfois le personnage n'est prisonnier que d'une*

*impossibilité logique (*La Semaine des trois dimanches, Le Sphinx), *d'un interdit majeur comme celui de l'inceste (*Les Lunettes*), d'une idée fixe, d'une hallucination ou d'un égarement provisoire de ses sens (*Matin sur le Wissahiccon, L'Enterrement prématuré, La Caisse oblongue*). Et le raisonnement logique ou le dévoilement de la machinerie résolvent le mystère, le paradoxe ou la situation intenable.*

Il y a une autre forme de retournement, celle-là beaucoup plus radicale puisque génératrice du récit lui-même. Dans Les Lunettes, *Poe s'inspire d'un récit anonyme paru dans la* New Monthly Belle Assemblée *de Londres en 1836, et intitulé* The Mysterious Portrait. *Mais l'intrigue est surtout basée sur l'histoire de Ninon de Lenclos (1616-1705). Femme de lettres libertine, elle eut un salon réputé. Très âgée, elle était encore fort belle. Elle avait eu avec le marquis de Gersaint un fils qu'elle fit élever loin d'elle et dans l'ignorance de sa véritable origine. Introduit plus tard dans le salon de sa mère, alors âgée de plus de soixante ans, le jeune homme tomba amoureux d'elle et se suicida avant qu'elle eût trouvé l'occasion de lui révéler sa parenté. Poe a pu lire cette histoire dans Tallemant des Réaux*[1]. *Il peut aussi avoir été inspiré par l'intrigue assez tortueuse de la* Lucrèce Borgia *de Victor Hugo (1833) : Lucrèce tombe amoureuse d'un jeune homme qui n'est autre que le fils qu'elle a eu avec son propre frère Jean Borgia ! Quelle que soit sa source exacte, on voit que Poe*

1. Les *Historiettes* de Tallemant des Réaux (1619-1692) parurent justement pour la première fois en 1834-1835. Voir aussi Burton R. Pollin, « " The Spectacles " of Poe — Sources and significance », *American Literature*, vol. 37, mai 1965, 185.

retourne une situation dramatique en un vaudeville burlesque et un suicide en mariage heureux.

Dans ce même conte, au cours de la nuit de noces, l'amoureux éperdu voit soudain de près la sublime beauté qu'il vient d'épouser se transformer en un épouvantail horrible qui perd ses rembourrages et ses cheveux. La quête amoureuse commencée dans la plus haute spiritualité s'achève dans une fort vulgaire danse hystérique où chutent littéralement les apparences, perruque ou dessous féminins (les « tournures » si prisées à l'époque). Vulgarité fondamentale de l'idéalisme. La femme réduite à ses tournures, *Poe qui connaît bien le français, insiste particulièrement sur le mot.*

Le texte dans le texte

Un caractère des contes de Poe frappe immédiatement, même avant toute lecture plus approfondie, c'est la quantité d'écrits hétérogènes intégrés au texte lui-même. Epigraphes, citations délimitées et attribuées, citations allusives ou fausses, phrases ou locutions en diverses langues étrangères, messages chiffrés, emprunts non signalés à d'autres textes et, bien entendu, fréquentes récupérations de fragments anciens de l'auteur lui-même. Poe a pratiqué le collage comme peu d'écrivains avaient osé le faire avant lui. Il cite très souvent la Bible dans la fameuse « Authorized version » anglicane. Il cite les Grecs : Homère, Platon, Aristote, Eschyle, Sophocle, Hérodote, d'au-

tres moins connus. Il cite les Latins : Virgile, Horace, Cicéron, Tacite, Ovide, Sénèque, Quintilien, une quinzaine d'autres. Il cite les Anglais : Shakespeare, Milton, Pope, Butler, Sterne, Byron, Coleridge, Shelley, des dizaines d'autres. Il cite les Français : Voltaire, Lesage, Crébillon, La Fontaine, Rousseau, Corneille, Molière, Pascal, La Bruyère. Il cite les Allemands : Goethe, Schiller, Hoffmann, Tieck, Novalis, Leibniz, Kant. Quelques Espagnols (Cervantès, Las Torres) et quelques Italiens (Dante, L'Arioste, Michel-Ange...) complètent son florilège.

Les adeptes d'une écriture « pure » et « personnelle » ont été rebutés par ses accumulations parfois clownesques. Certains ont pris cela pour l'étalage un peu fanfaron d'un étudiant boulimique. Il y a certainement chez Poe une sorte de snobisme de l'érudit autodidacte. Mais il est aisé de voir qu'allusions ou prélèvements ne sont pas le fruit du hasard ou d'automatismes culturels. Ils sont au contraire choisis très soigneusement. L'épigraphe, par exemple, dans plusieurs contes, donne une autre dimension au texte quand elle n'en est pas directement une clé. La citation de Corneille au début de L'homme qui était usé *annonce une des composantes du mystère qui entoure le Général A. B. C. Smith, mais elle suggère aussi que le sens de l'histoire pourrait être tout autre : « la moitié de ma vie a mis l'autre au tombeau » renvoie en effet à la mythologie du double, à* William Wilson *par exemple.*

Dans plusieurs contes, les citations se succèdent régulièrement et font courir sous la trame du récit le fil d'une autre histoire. C'est le cas dans Les Lunettes *avec la chanson sur Ninon de*

Lenclos, le ventum textilem, *Milton et les opéras de Rossini et de Bellini. Dans* L'Enterrement prématuré, *la Bible et les faits divers sont adroitement mêlés jusqu'à la fausse mort et la résurrection finale (qui n'a vraiment lieu que lorsque le narrateur* jette *ses livres !). La citation de Crébillon dans* La Lettre volée *est bien en vue, comme la fameuse lettre ; elle est utilisée comme instrument de la vengeance de Dupin et elle clôt la nouvelle. Plus de trois mille pages de gloses ont déjà été écrites sur cette « histoire extraordinaire*[1] *» et pourtant, à chaque génération, on croit redécouvrir une des clés du texte : Dupin et le ministre D... sont frères. C'est pourtant ce que veut dire la citation de Crébillon avec sa référence explicite aux Atrides. Dans* C'est toi l'homme, *le narrateur entame soudain une savante digression sur le* Cui bono *de Cicéron. Or le mot de Cicéron est tiré de sa première et fameuse plaidoirie,* Pro Roscio Amerino, *où l'orateur défendit un homme accusé de parricide. Et cette histoire lointaine, fantomatique entre en résonance avec celle de la nouvelle placée, dès la première phrase, sous l'invocation d'Œdipe et où il est question de deux vieux messieurs amis « comme des frères » et d'un neveu soupçonné d'assassinat.*

Poe est un des premiers auteurs modernes à comprendre que toute littérature est d'abord discours sur la littérature, que toute

1. Pour nous en tenir à la langue française, citons Jacques Lacan, « Le séminaire sur la " Lettre volée " », in *Ecrits,* Seuil, 1966; Jacques Derrida, « Le facteur de la vérité », *Poétique,* 21, 1975 ; Jean-Claude Milner, « Retour à la lettre volée », in *Détections fictives,* Seuil, 1985 ; Claude Richard, « Edgar A. Poe : Dupin et la littera prima », in *Lettres américaines,* Alinéa, 1987 ; voir aussi une brève critique de Lacan dans Pierre Boutang, *Ontologie du secret,* PUF, 1973.

situation, toute « intensité » est d'abord littéraire, que chaque mot, chaque image renvoie à l'infini des bibliothèques. Il parodie d'ailleurs ce vertige référentiel en ajoutant de faux livres aux vrais : le Mad Trist *de « Launcelot Canning » dans* La Chute de la maison Usher, *le* Duelli lex scripta *dans* Mystification, *le* Dismoidonc Estceounonainsi *dans* Le Mille Deuxième Conte de Schéhérazade... *Parfois la citation, souterraine, n'affleure dans le texte que par un mot ou deux. Ainsi Shakespeare est partout présent dans les contes de Poe. Un mot, une allusion renvoient à une situation caractéristique qui elle-même transforme ou dévie le sens du texte. Nous sommes tous à la fois William Shakespeare et fils de William : « William Wilson », une histoire de doubles. La littérature ne naît pas de rien. Chaque texte s'entrelace avec d'autres textes. La citation est là comme une sorte de contrepoint musical dans la polyphonie. L'impureté apparente de l'écriture de Poe ouvre en fait sur une entreprise littéraire dans laquelle nous sommes encore aujourd'hui plongés.*

Fondations

Le narrateur de C'est toi l'homme *raconte d'abord l'histoire du point de vue du simple villageois. Mais il annonce aussi : « Je vais jouer l'Œdipe de l'énigme de Rattlebourg. » Il décrit des indices, les met en concordance, raconte un crime. Un homme soupçonné d'assassinat risque d'être lynché par la foule. Tous les faux indices accumulés par l'assassin forment un*

discours serré, accablant, irréfutable. Le narrateur, on le découvre à la fin, s'est servi en secret de ces mêmes indices pour retourner le discours. Grâce à une lettre — encore — il fabrique lui-même une vengeance terrible, et sauve l'innocent de la mort. Le happy end *n'est guère rassurant puisque, pour que cet innocent soit sauvé, il faut qu'à la suite d'une manipulation assez peu ragoûtante, le cadavre revienne* réellement *sur la table de l'assassin, table de communion autour de laquelle tous les villageois en liesse sont en train de partager le vin. Le scribe, celui qui se désigne comme Œdipe, a dû faire lui-même sa descente aux enfers, chercher le cadavre, le préparer, retourner la chaîne des signes dans une autre logique pour dévoiler le crime horrible à ses concitoyens et, en même temps, leur montrer leur aveuglement, leur bêtise, leur enfantillage (le mort est préparé de façon à surgir comme un diable de sa boîte).*

Dans Mystification, *le mystificateur provoque la violence suprême par le geste le plus suicidaire qu'il puisse imaginer dans ce milieu de duellistes acharnés, mais triomphe de son adversaire, donc de la mort, grâce à un livre, annulant d'un seul coup toute violence par la pirouette d'un échange de politesse. Dans* L'Homme qui était usé, *le narrateur est le seul à ignorer quelque chose de fondamental à propos du Général John A. B. C. Smith. Chaque fois que la chose va lui être révélée, un incident arrête la chaîne des explications. Tout tourne autour du mot « homme », comme l'énigme posée par le sphinx à Œdipe. Chaque étape est littéraire : Shakespeare* (Henri IV *d'abord, puis* Othello), *Virgile, le livre de Job, Byron, Defoe... On remarque qu'*Henry IV, Othello, *l'*Énéide, Job, Man-

fred *ou* Robinson Crusoé *sont des histoires soit de fondation, soit de désagrégation d'un corps social. Et c'est en effet sur un Père Fondateur que le narrateur enquête, un de ces héros vaillants et conquérants qui ont fait l'Amérique et qui sont les modèles imposés à toute la génération romantique*[1]. *Mais la gloire du Général ne s'est bâtie que sur le massacre des Indiens et, lorsque le narrateur accède auprès du grand homme, il découvre un paquet « d'aspect excessivement bizarre », un « nondescript », c'est-à-dire quelque chose d'indescriptible, qui transcende toute littérature. Le Général a été scalpé, mutilé, réduit par les Indiens et il lui faut tout un lot de savantes prothèses pour récupérer la belle prestance qu'il affiche en société. Le Père Fondateur n'est qu'un mannequin.*

Frontières

Le thème orphique de la descente aux enfers n'est qu'un des aspects de cette quête permanente de la limite[2] *qui caractérise le héros poesque. Dès les débuts de la littérature américaine le thème de la « frontière », l'Ouest sans cesse reculé et inaccessible, imprime sa marque violente sur l'imaginaire des écrivains. Poe tourne résolument le dos à Fenimore Cooper et aux écrivains de l'aventure pionnière. D'ailleurs lorsque ses héros se déplacent, c'est rarement d'est en ouest mais bien plutôt selon un axe*

1. Bertrand Rougé, « La pratique des corps limites chez Poe », *Poétique,* n° 60, novembre 1984.
2. Voir Tzvetan Todorov, préface aux *Nouvelles histoires extraordinaires,* Folio, 1974.

nord-sud (thème qui se renforcera plus tard avec Melville ou des écrivains « sudistes » comme Twain ou Faulkner). La vraie frontière chez Poe est géodésique de l'imaginaire. Le narrateur du Sphinx *décrit avec une minutie toute scientifique une hallucination terrifiante. Ceux du* Cœur révélateur *ou de* Bérénice *ne racontent rien d'autre que leur folie meurtrière ou nécrophile. Napoléon Bonaparte Froissart se fait le chroniqueur de sa propre exploration des limites : sa mauvaise vue l'a entraîné dans une aventure qui, si elle ne dépasse pas le cadre des salons mondains d'une ville américaine, touche cependant à l'interdit universel majeur, celui de l'inceste. Le labyrinthe, la torture, la mutilation, la drogue, l'ivresse, la folie (omniprésente chez Poe qui, en ce domaine, inaugure le XIXe siècle), le cauchemar, le rêve, l'hallucination, la catalepsie, la catastrophe absolue (telles celles énumérées au début de* L'Enterrement prématuré*), sont des états limites qui n'existent, avant toute expérience concrète, que parce qu'ils sont pensables, imaginables, racontables. Il y a même chez Poe une sorte de mysticisme de la limite : le thème de la « noche oscura » revient souvent (Gordon Pym lorsqu'il se trouve au fond de la cale,* Le Puits et le pendule, L'Enterrement prématuré*).*

Aux expériences limites, aux états limites correspondent des corps limites. Celui du Général A. B. C. Smith, réduit à l'état de « nondescript », de non-humain, est placé lui aussi sous l'invocation virgilienne. Le horresco referens *d'Énée rappelle la mort de Laocoon étouffé par les anneaux du serpent marin. Le non-descriptible est ce qui tente d'échapper aux anneaux du récit,*

à la littérature et, paradoxalement — comme la mort, la folie, la drogue, le cauchemar —, ce qui, refoulé, revient massivement investir la littérature. L'écriture elle-même est expérience des limites, corps limite, transgression absolue.

A. J.

Mystification
Mystification

Slid, if these be your "passados" and "montantes,"
I'll have none o' them.

Ned Knowles[1].

The Baron Ritzner Von Jung was of a noble Hungarian family, every member of which (at least as far back into antiquity as any certain records extend) was more or less remarkable for talent of some description, — the majority for that species of *grotesquerie*[2] in conception of which Tieck[3], a scion of the house, has given some vivid, although by no means the most vivid exemplifications.

1. *Ned Knowles* pourrait être le dramaturge irlandais James Sheridan Knowles, auteur de *The Hunchback* (« Le Bossu », 1832) que Poe cite plusieurs fois. Mais la phrase est aussi une réplique de *Chacun dans son caractère* de Ben Jonson (1572-1637) et le personnage qui la prononce se nomme Edward Knowell (acte IV, scène 5).

2. Poe a peut-être forgé ce néologisme, à moins qu'il ne l'ait

Although → bien que
Scion → rejeton –

Parbleu, si ce sont là vos « pasados » et vos « montantes », je n'en veux pas du tout.

Ned Knowles.

Le Baron Ritzner Von Jung appartenait à une noble famille hongroise dont chaque membre (du moins aussi loin dans le passé que remontent des documents certains) s'était plus ou moins fait remarquer par quelque talent — la plupart par cette espèce de *grotesquerie* dans l'imagination dont Tieck, un rejeton de la maison, a donné de remarquables démonstrations, bien que nullement les plus remarquables.

trouvé chez quelque auteur français du XVIIIe siècle. De même, dans *Double assassinat dans la rue Morgue,* on trouve « d'une *grotesquerie* dans l'horrible absolument étrangère à l'humanité ».

3. *Tieck :* l'auteur romantique allemand Ludwig Tieck (1773-1853), une des sources de Poe en matière de fantastique et de burlesque. Tieck est cité dans *La Chute de la maison Usher.*

My acquaintance with Ritzner commenced at the magnificent Château Jung, into which a train of droll adventures, not to be made public, threw me during the summer months of the year 18—. Here it was I obtained a place in his regard, and here, with somewhat more difficulty, a partial insight into his mental conformation. In later days this insight grew more clear, as the intimacy which had at first permitted it became more close; and when, after three years separation, we met at G——n [1], I knew all that it was necessary to know of the character of the Baron Ritzner Von Jung.

I remember the buzz of curiosity which his advent excited within the college precincts on the night of the twenty-fifth of June. I remember still more distinctly, that while he was pronounced by all parties at first sight "the most remarkable man in the world," no person made any attempt at accounting for this opinion. That he was *unique* appeared so undeniable, that it was deemed impertinent to inquire wherein the uniquity consisted. But, letting this matter pass for the present, I will merely observe that, from the first moment of his setting foot within the limits of the university, he began to exercise over the habits,

1. *G—n :* il s'agit bien entendu de l'université de Göttingen qui jouissait d'une grande réputation auprès des élites américaines à l'époque. Plusieurs transcendantalistes y avaient séjourné. L'université était autant fameuse pour sa tradition de duels entre étudiants (qui devaient y arborer maintes cicatrices) que pour ses enseignements de haut niveau en philosophie et en sciences. Georg-Christoph Lichtenberg y avait enseigné de 1763 à sa mort en 1799. A

a train of droll adventures
Un succession d'av- bizarre
insight -> connaissance

Mes relations avec Ritzner commencèrent au magnifique château Jung où me jeta, pendant les mois d'été 18—, une succession d'aventures bizarres qui n'ont pas à être publiées. C'est là que je pris place dans son estime, et là qu'avec passablement plus de difficulté, j'eus un aperçu partiel de sa tournure d'esprit. Cette connaissance s'approfondit davantage encore par la suite, à mesure que l'intimité qui l'avait d'abord permise devenait plus étroite ; aussi, lorsque après trois ans de séparation, nous nous retrouvâmes à G—n, je savais tout ce qu'il était nécessaire de savoir du caractère du Baron Ritzner Von Jung.

Je me souviens du bourdonnement de curiosité que son arrivée suscita dans l'enceinte du collège le soir du 25 juin. Plus nettement encore, alors que dès leur première rencontre tous l'avaient qualifié d' « homme le plus remarquable du monde », je me souviens que personne ne fit la moindre tentative pour justifier cette opinion. Qu'il fût *unique* semblait tellement indiscutable qu'on eût jugé impertinent de demander en quoi consistait cette originalité. Mais, laissant de côté ce sujet pour le moment, j'observerai simplement que, dès l'instant où il mit le pied dans l'enceinte de l'université, il commença à exercer sur les habitudes,

l'époque de Poe, Karl-Friedrich Gauss, calculateur prodige puis savant de renom mondial, y enseignait, et ses exploits n'avaient pu échapper à Poe. Pedro, le personnage du *Marché manqué,* première version de *Bon-Bon,* a fait une partie de ses études à Göttingen. Il est par ailleurs évident que l'université peinte ici par Poe est inspirée par l'Académie de West Point où il fut cadet et où il mena une vie dissipée.

manners, persons, purses, and propensities of the whole community which surrounded him, an influence the most extensive and despotic, yet at the same time the most indefinitive and altogether unaccountable. Thus the brief period of his residence at the university forms an era in its annals, and is characterized by all classes of people appertaining to it or its dependencies as "that very extraordinary epoch forming the domination of the Baron Ritzner Von Jung."

Upon his advent to G——n, he sought me out in my apartments. He was then of no particular age; — by which I mean that it was impossible to form a guess respecting his age by any data personally afforded. He might have been fifteen or fifty, and *was* twenty-one years and seven months. He was by no means a handsome man — perhaps the reverse. The contour of his face was somewhat angular and harsh. His forehead was lofty and very fair; his nose a snub; his eyes large, heavy, glassy and meaningless. About the mouth there was more to be observed. The lips were gently protruded, and rested the one upon the other after such fashion that it is impossible to conceive any, even the most complex, combination of human features, conveying so entirely, and so singly, the idea of unmitigated gravity, solemnity and repose.

It will be perceived, no doubt, from what I have already said,

les manières, les personnes, les bourses et les tendances de toute la communauté qui l'entourait, une influence des plus étendues et des plus despotiques, et pourtant aussi des plus indéfinissables et des plus complètement inexplicables. Ainsi, la brève période de son séjour à l'université fait date dans les annales et est définie par toutes les sortes de gens qui se rattachent à cette université ou à ses dépendances comme « cette très extraordinaire période constituant le règne du Baron Ritzner Von Jung ».

À son arrivée à G—n, il vint me retrouver dans mon appartement. Il n'avait alors pas d'âge précis ; — je veux dire qu'il était impossible de deviner son âge à partir du moindre indice physique. Il aurait pu avoir quinze comme cinquante ans, et il *avait* en fait vingt et un ans et sept mois. Ce n'était en rien un bel homme — peut-être même était-ce le contraire. Le contour de son visage était quelque peu anguleux et dur. Il avait le front haut et très beau ; le nez camus ; les yeux grands, lourds, vitreux et sans expression. La bouche offrait plus à observer. Les lèvres étaient légèrement saillantes, et s'ajustaient l'une à l'autre de façon telle qu'il est impossible d'imaginer combinaison de traits humains, fût-ce la plus complexe, illustrant si totalement et si singulièrement l'idée de gravité, de solennité et de calme sans faille.

On aura compris, sans doute, d'après ce que j'ai déjà dit,

that the Baron was one of those human anomalies now and then to be found, who make the science of *mystification* the study and the business of their lives. For this science a peculiar turn of mind gave him instinctively the cue, while his physical appearance afforded him unusual facilities for carrying his projects into effect. I firmly believe that no student at G——n, during that renowned epoch so quaintly termed the domination of the Baron Ritzner Von Jung, ever rightly entered into the mystery which over-shadowed his character. I truly think that no person at the university, with the exception of myself, ever suspected him to be capable of a joke, verbal or practical : — the old bull-dog at the garden-gate would sooner have been accused, — the ghost of Heraclitus, — or the wig of the Emeritus Professor of Theology. This, too, when it was evident that the most egregious and unpardonable of all conceivable tricks, whimsicalities, and buffooneries were brought about, if not directly by him, at least plainly through his intermediate agency or connivance. The beauty, if I may so call it, of his *art mystique*[1], lay in that consummate ability (resulting from an almost intuitive knowledge of human nature,

1. L'édition Harrison donne « art mystique » mais il faut lire « mystifique » car le titre original de ce conte était « *Von Jung, the Mystific* ». Le néologisme « mystific », qui a peut-être été forgé par Edgar Poe lui-même, n'a survécu ni en anglais ni en français.

que le Baron était une de ces anomalies humaines comme on en rencontre de temps à autre et qui font de la science de la *mystification* l'étude et l'occupation de leur vie. Un état d'esprit particulier le dirigeait d'instinct vers cette science, tandis que son aspect physique lui offrait d'exceptionnelles facilités pour mener ses projets à exécution. Je crois fermement qu'aucun des étudiants de G—n, pendant cette fameuse période si bizarrement qualifiée de règne du Baron Ritzner Von Jung, ne pénétra jamais réellement le mystère qui voilait sa personnalité. Je pense vraiment qu'en dehors de moi-même, personne à l'université ne le soupçonna jamais d'être capable d'une plaisanterie en mots ou en actes : on en aurait plutôt accusé le vieux bouledogue de la porte du parc, — le fantôme d'Héraclite, — ou la perruque du professeur émérite de Théologie. Et ceci même alors qu'il était manifeste que les plus fieffés, les plus impardonnables de tous les tours, bizarreries ou bouffonneries concevables, étaient provoqués, sinon directement par lui, du moins clairement par son intermédiaire ou avec sa connivence. La beauté, si je puis la nommer ainsi, de son *art mystifique* résidait en l'habileté consommée (due à une connaissance presque intuitive de la nature humaine,

and a most wonderful self-possession,) by means of which he never failed to make it appear that the drolleries he was occupied in bringing to a point, arose partly in spite, and partly in consequence of the laudable efforts he was making for their prevention, and for the preservation of the good order and dignity of Alma Mater. The deep, the poignant, the overwhelming mortification which, upon each such failure of his praiseworthy endeavors, would suffuse every lineament of his countenance, left not the slightest room for doubt of his sincerity in the bosoms of even his most skeptical companions. The adroitness, too, was no less worthy of observation by which he contrived to shift the sense of the grotesque from the creator to the created — from his own person to the absurdities to which he had given rise. In no instance before that of which I speak, have I known the habitual mystific escape the natural consequence of his manœuvres — an attachment of the ludicrous to his own character and person. Continually enveloped in an atmosphere of whim, my friend appeared to live only for the severities of society; and not even his own household have for a moment associated other ideas than those of the rigid and august with the memory of the Baron Ritzner Von Jung.

During the epoch of his residence at G——n it really appeared that the demon of the *dolce far niente* lay like an incubus upon the university. Nothing, at least, was done, beyond eating and drinking, and making merry.

et à un sang-froid des plus extraordinaires) avec laquelle il ne manquait jamais de laisser croire que les plaisanteries qu'il s'attachait à mettre au point se produisaient en partie en dépit et en partie à cause des louables efforts qu'il déployait pour les prévenir et pour préserver le bon ordre et la dignité de l'Alma Mater. Cette mortification profonde, poignante, accablante, qui, à chaque échec de ses efforts méritoires, imprégnait tous les traits de son visage, ne laissait pas dans l'esprit de ses compagnons, même les plus sceptiques, naître le moindre doute sur sa sincérité. De plus, l'adresse avec laquelle il parvenait à faire passer le sens du grotesque du créateur au créé — de sa propre personne aux absurdités qu'il avait engendrées, n'était pas moins digne d'observation. Dans aucune situation avant celle dont je parle, je n'avais vu l'habituel mystificateur échapper à la conséquence naturelle de ses manœuvres — que le ridicule retombe sur sa propre réputation et sur sa propre personne. Continuellement entouré d'une atmosphère de fantaisie, mon ami ne semblait vivre que pour les aspects sévères de la société ; et même les gens de sa suite n'ont jamais un instant associé au souvenir du Baron Ritzner Von Jung d'autres idées que celles de sévérité et de majesté.

Durant la période où il résida à G—n, il sembla vraiment que le démon du *dolce farniente* s'était installé comme un incube sur l'université. On n'y faisait donc rien d'autre, en tout cas, que manger et boire, et s'amuser.

The apartments of the students were converted into so many pot-houses, and there was no pot-house of them all more famous or more frequented than that of the Baron. Our carousals here were many, and boisterous, and long, and never unfruitful of events.

Upon one occasion we had protracted our sitting until nearly daybreak, and an unusual quantity of wine had been drunk. The company consisted of seven or eight individuals besides the Baron and myself. Most of these were young men of wealth, of high connection, of great family pride, and all alive with an exaggerated sense of honor. They abounded in the most ultra German opinions respecting the *duello*. To these Quixotic notions some recent Parisian publications, backed by three or four desperate, and fatal rencontres at G——n, had given new vigor and impulse; and thus the conversation, during the greater part of the night, had run wild upon the all-engrossing topic of the times. The Baron, who had been unusually silent and abstracted in the earlier portion of the evening, at length seemed to be aroused from his apathy, took a leading part in the discourse, and dwelt upon the benefits, and more especially upon the beauties, of the received code of etiquette in passages of arms, with an ardor, an eloquence, an impressiveness, and an affectionateness of manner, which elicited the warmest enthusiasm from his hearers in general, and absolutely staggered even myself,

Les chambres des étudiants étaient transformées en autant de tavernes et, parmi toutes ces tavernes, il n'en était pas de plus fameuse ni de plus fréquentée que celle du Baron. Nos beuveries y étaient nombreuses, et tapageuses, prolongées, et toujours fertiles en incidents.

Une fois, nous avions prolongé notre séance presque jusqu'à l'aube, et une quantité inhabituelle de vin avait été ingurgitée. La compagnie se composait de sept ou huit personnes, en dehors du Baron et de moi-même. La plupart d'entre eux étaient des jeunes gens riches, de haute lignée, d'un grand orgueil familial, et tous étaient imbus d'un sens exagéré de l'honneur. Ils abondaient dans les opinions les plus ultragermaniques à propos du *duello*. Quelques récentes publications parisiennes, renforcées par trois ou quatre rencontres acharnées et fatales à G—n même, avaient donné vigueur et impulsion nouvelles à ces notions don-quichottesques ; et ainsi, pendant la plus grande partie de la nuit, la conversation avait-elle frénétiquement couru sur la question à l'ordre du jour. Le Baron, qui dans la première partie de la soirée, avait été inhabituellement silencieux et absent, sembla enfin s'éveiller de son apathie, prit une part importante à la conversation, et insista sur les avantages, et plus spécialement sur les beautés du code protocolaire établi en matière de passes d'armes, avec une ardeur, une éloquence, une solennité et une passion dans le ton qui soulevèrent le plus chaleureux enthousiasme chez ses auditeurs en général, et qui m'étonnèrent tout à fait moi-même,

who well knew him to be at heart a ridiculer of those very points for which he contented, and especially to hold the entire *fanfaronnade* of duelling etiquette in the sovereign contempt which it deserves.

Looking around me during a pause in the Baron's discourse, (of which my readers may gather some faint idea when I say that it bore resemblance to the fervid, chanting, monotonous, yet musical, sermonic manner of Coleridge,) I perceived symptoms of even more than the general interest in the countenance of one of the party. This gentleman, whom I shall call Hermann, was an original in every respect — except, perhaps, in the single particular that he was a very great fool. He contrived to bear, however, among a particular set at the university, a reputation for deep metaphysical thinking, and, I believe, for some logical talent. As a duellist he had acquired great renown, even at G——n. I forget the precise number of victims who had fallen at his hands; but they were many. He was a man of courage undoubtedly. But it was upon his minute acquaintance with the etiquette of the *duello*, and the *nicety* of his sense of honor, that he most especially prided himself. These things were a hobby which he rode to the death. To Ritzner, ever upon the look-out for the grotesque, his peculiarities had for a long time past afforded food for mystification. Of this, however, I was not aware; although, in the present instance,

moi qui savais bien qu'au fond de lui-même, il était un pourfendeur de ces choses mêmes dont il discutait, et surtout qu'il tenait toute la *fanfaronnade* du protocole du duel dans le souverain mépris qu'elle mérite.

Regardant autour de moi pendant une pause dans l'exposé du Baron (exposé dont mes lecteurs pourront se faire quelque timide idée si je leur dis qu'il ressemblait à la manière sermonneuse, fervente, psalmodiante, monotone et pourtant musicale de Coleridge), je perçus sur le visage d'un des membres du groupe les signes d'un intérêt bien plus grand que celui de l'ensemble des auditeurs. Ce jeune homme, que j'appellerai Hermann, était à tout point de vue un original — sauf, peut-être, dans ce seul détail qu'il était un très grand sot. Il s'était cependant arrangé pour acquérir, parmi une coterie particulière de l'université, une réputation de profond penseur métaphysique, et, je crois, de logicien de quelque talent. En tant que duelliste, il avait acquis un grand renom, même à G—n. J'ai oublié le nombre précis de victimes qui étaient tombées par sa main ; mais elles étaient nombreuses. C'était indubitablement un homme de courage. Mais c'était de sa connaissance méticuleuse de l'étiquette du *duello,* et de la *subtilité* de son sens de l'honneur qu'il s'enorgueillissait le plus. C'était là un dada qu'il enfourchait jusqu'à la mort. Pour Ritzner, toujours à l'affût du grotesque, ces bizarreries avaient depuis longtemps déjà fourni matière à une mystification. Mais de cela, je ne me doutais pas ; et pourtant, dans le cas présent,

I saw clearly that something of a whimsical nature was upon the *tapis* with my friend, and that Hermann was its especial object.

As the former proceeded in his discourse, or rather monologue, I perceived the excitement of the latter momently increasing. At length he spoke; offering some objection to a point insisted upon by R., and giving his reasons in detail. To these the Baron replied at length (still maintaining his exaggerated tone of sentiment) and concluding, in what I thought very bad taste, with a sarcasm and a sneer. The hobby of Hermann now took the bit in his teeth. This I could discern by the studied hair-splitting *farrago* of his rejoinder. His last words I distinctly remember. "Your opinions, allow me to say, Baron Von Jung, although in the main correct, are, in many nice points, discreditable to yourself and to the university of which you are a member. In a few respects they are even unworthy of serious refutation. I would say more than this, sir, were it not for the fear of giving you offence (here the speaker smiled blandly,) I would say, sir, that your opinions are not the opinions to be expected from a gentleman."

As Hermann completed this equivocal sentence, all eyes were turned upon the Baron. He became pale, then excessively red, then, dropping his pocket-handkerchief, stooped to recover it, when I caught a glimpse of his countenance, while it could be seen by no one else at the table.

je voyais clairement que, pour mon ami, quelque chose de bizarre était sur le *tapis* et qu'Hermann en était l'objectif précis.

Tandis que le premier poursuivait son discours, ou plutôt son monologue, je sentais croître d'instant en instant l'excitation du second. À la fin, il prit la parole pour présenter une objection à propos d'un point sur lequel R. s'était appuyé, et pour exposer en détail ses arguments. À ceux-ci le Baron répliqua de bout en bout (en gardant toujours son ton exagérément passionné) et il conclut, d'une façon que je jugeai de très mauvais goût, par un sarcasme et un ricanement. Le dada de Hermann prit alors le mors aux dents. Ceci, je parvins à le deviner au soigneux méli-mélo d'arguties de sa repartie. De ses derniers mots, je me souviens distinctement. « Vos opinions, permettez-moi de vous le dire, Baron Von Jung, quoique dans l'ensemble correctes, sont, sur de nombreux points délicats, peu dignes de vous et de l'université dont vous êtes membre. À certains égards, elles ne méritent même pas une réfutation sérieuse. J'en dirais plus, Monsieur, n'était la crainte de vous offenser (ici l'orateur sourit avec affabilité), je dirais, Monsieur, que vos opinions ne sont pas les opinions qu'on attendrait d'un gentilhomme. »

Comme Hermann achevait cette phrase équivoque, tous les yeux se tournèrent vers le Baron. Il devint pâle, puis excessivement rouge, puis laissant tomber son mouchoir, il se baissait pour le ramasser lorsque, alors que personne d'autre à la table ne pouvait le voir, j'entrevis son visage.

It was radiant with the quizzical expression which was its natural character, but which I had never seen it assume except when we were alone together, and when he unbent himself freely. In an instant afterward he stood erect, confronting Hermann; and so total an alteration of countenance in so short a period I certainly never saw before. For a moment I even fancied that I had misconceived him, and that he was in sober earnest. He appeared to be stifling with passion, and his face was cadaverously white. For a short time he remained silent, apparently striving to master his emotion. Having at length seemingly succeeded, he reached a decanter which stood near him, saying, as he held it firmly clenched — "The language you have thought proper to employ, Mynheer Hermann, in addressing yourself to me, is objectionable in so many particulars, that I have neither temper nor time for specification. That my opinions, however, are not the opinions to be expected from a gentleman, is an observation so directly offensive as to allow me but one line of conduct. Some courtesy, nevertheless, is due to the presence of this company, and to yourself, at this moment, as my guest. You will pardon me, therefore, if, upon this consideration, I deviate slightly from the general usage among gentlemen in similar cases of personal affront. You will forgive me for the moderate tax I shall make upon your imagination, and endeavor to consider, for an instant,

Il rayonnait de cette expression facétieuse qui correspondait à son caractère habituel mais que je ne l'avais jamais vu arborer que lorsque nous étions seuls et qu'il se détendait en toute liberté. Un instant après, il se tenait debout, faisant face à Hermann ; et jamais je ne vis si totale transformation d'un visage en si peu de temps. Pendant un moment, j'imaginai même que je m'étais trompé à son sujet, et qu'il était tout à fait sérieux. Il semblait suffoquer de colère et son visage était d'une pâleur cadavérique. Un court instant, il resta silencieux, s'efforçant apparemment de maîtriser son émotion. Semblant à la fin y être parvenu, il saisit une carafe qui se trouvait près de lui et, tandis qu'il la tenait fermement serrée, il déclara — « Le langage que vous avez jugé bon d'employer, Mein herr Hermann, en vous adressant à moi, est choquant par tant de points que je n'ai ni le temps ni l'humeur de les relever. Que mes opinions ne soient pas les opinions qu'on attendrait d'un gentilhomme est une remarque si ouvertement offensante qu'elle ne m'autorise qu'une seule ligne de conduite. Quelques égards sont dus, néanmoins, à cette assemblée ici présente et à vous, qui, en ce moment même, êtes mon hôte. Vous m'excuserez donc si, en vertu de cette considération, je m'écarte légèrement de l'usage ordinaire entre gentilshommes dans de semblables cas d'affront personnel. Vous me pardonnerez la contribution modérée que j'imposerai à votre imagination, et vous essaierez de prendre, un instant,

the reflection of your person in yonder mirror as the living Mynheer Hermann himself. This being done, there will be no difficulty whatever. I shall discharge this decanter of wine at your image in yonder mirror, and thus fulfil all the spirit, if not the exact letter, of resentment for your insult, while the necessity of physical violence to your real person will be obviated."

With these words he hurled the decanter, full of wine, against the mirror which hung directly opposite Hermann; striking the reflection of his person with great precision, and of course shattering the glass into fragments. The whole company at once started to their feet, and, with the exception of myself and Ritzner, took their departure. As Hermann went out, the Baron whispered me that I should follow him and make an offer of my services. To this I agreed; not knowing precisely what to make of so ridiculous a piece of business.

The duellist accepted my aid with his stiff and *ultra recherché* air, and taking my arm, led me to his apartment. I could hardly forbear laughing in his face while he proceeded to discuss, with the profoundest gravity, what he termed "the refinedly peculiar character" of the insult he had received. After a tiresome harangue in his ordinary style, he took down from his bookshelves a number of musty volumes on the subject of the *duello*, and entertained me for a long time with their contents; reading aloud, and commenting earnestly as he read.

le reflet de votre personne dans ce miroir-là pour le vivant Mein herr Hermann lui-même. Cela fait, il n'y aura aucun problème. Je lancerai cette carafe de vin sur votre image dans le miroir, et je répondrai ainsi entièrement à l'esprit, sinon exactement à la lettre, d'une riposte à votre insulte, et en même temps sera évitée la nécessité d'une violence physique envers votre personne réelle. »

À ces mots il précipita la carafe pleine de vin sur le miroir accroché juste en face de Hermann, atteignant avec une grande précision le reflet du personnage et faisant bien sûr voler le miroir en miettes. Toute l'assemblée se leva aussitôt, et, à l'exception de moi-même et de Ritzner, se retira. Au moment où Hermann sortait, le Baron me chuchota que je devrais le suivre et lui faire offre de mes services. J'acceptai sans savoir précisément quoi faire d'une si ridicule sorte d'affaire.

Le duelliste accepta mon aide avec son air rigide et *ultra recherché,* et, me prenant par le bras, m'entraîna jusqu'à son appartement. Je pus difficilement me retenir de lui rire au nez lorsqu'il commença à discuter avec la plus profonde gravité de ce qu'il appelait « le caractère particulièrement délicat » de l'affront qu'il avait subi. Après une longue harangue dans son style habituel, il extirpa de ses rayonnages plusieurs volumes moisis traitant du *duello,* et m'entretint longuement de leur contenu, les lisant à haute voix et les commentant avec ardeur à mesure qu'il avançait dans sa lecture.

I can just remember the titles of some of the works. There were the "Ordonnance of Philip le Bel on Single Combat;" the "Theatre of Honor," by Favyn, and a treatise "On the Permission of Duels," by D'Audiguier. He displayed, also, with much pomposity, Brantôme's "Memoirs of Duels [1]," published at Cologne, in 1666, in the types of Elzevir — a precious and unique vellum-paper volume, with a fine margin [2], and bound by Derôme. But he requested my attention particularly, and with an air of mysterious sagacity, to a thick octavo, written in barbarous Latin by one Hédelin, a Frenchman, and having the quaint title, "*Duelli Lex scripta, et non; aliterque* [3]." From this he read me one of the drollest chapters in the world concerning "*Injuriæ per applicationem, per constructionem, et per se* [4]," about half of which, he averred, was strictly applicable to his own "refinedly peculiar" case, although not one syllabe of the whole matter could I understand for the life of me. Having finished the chapter,

1. Tous ces auteurs cités par Poe sont authentiques. André Favyn, écrivain héraldiste, est l'auteur du *Théâtre de l'honneur et de la chevalerie* (1620). Vital d'Audiguier (1569-1624), traducteur de Cervantès, est l'auteur du traité *Le Vray et Ancien Usage des duels confirmé par l'exemple des illustres combats et deffys qui se soient faits en la chrétienté* (Paris, 1617). Brantôme (1540-1614), outre ses fameuses *Dames galantes,* est l'auteur, parmi beaucoup d'autres ouvrages ou libelles, d'un *Discours sur les duels.* Quant à François Hédelin, il s'agit de l'abbé d'Aubignac (1604-1676), critique et auteur dramatique ; il est l'auteur d'un discours sur l'éloquence et de divers essais sur Corneille et Richelieu ; Poe l'évoque par ailleurs dans ses *Pinakidia*

Je peux tout juste me rappeler les titres de quelques-uns des ouvrages. Il y avait l' « Ordonnance de Philippe Le Bel sur le combat singulier », « Le Théâtre de l'Honneur » de Favyn, et un traité « Sur l'autorisation des duels » par d'Audiguier. Il exhiba aussi avec beaucoup d'emphase les « Mémoires de Duels » de Brantôme, publié à Cologne en 1666 en caractères Elzévir — un volume précieux et unique sur papier vélin, à grande marge et relié par Derôme. Mais il attira particulièrement mon attention, et ce avec un air de mystérieuse sagacité, sur un épais in-octavo, écrit dans un latin barbare par un certain Hédelin, un Français, et portant le titre bizarre de « *Duelli lex scripta, et non ; aliterque* ». Il m'en lut un des chapitres les plus étranges du monde à propos des « *Injuriae per applicationem, per constructionem, et per se* », dont à peu près la moitié, affirma-t-il, était strictement applicable à son propre cas « particulièrement délicat », bien que, même au prix de ma vie, je n'eusse pu comprendre une seule syllabe de toute cette chose. Ayant achevé le chapitre,

(*Œuvres complètes,* XIV, 44) comme un de ceux qui mettaient en doute l'existence d'Homère, prétendant que l'*Iliade* était composée de bribes de tragédies, de chansons populaires et de tirades de bateleurs de provenances variées, « à la manière des chansons du Pont-Neuf ».

2. « Dans le choix de mes livres, écrit Poe dans l'introduction à ses *Marginalia,* j'ai toujours recherché de grandes marges... » On sait qu'il a élevé la note en marge à la hauteur d'un genre littéraire à part entière. *Derôme :* famille de relieurs français du XVIIIe siècle.

3. Loi écrite et non écrite sur le duel ; et autres.

4. Offenses par application, par construction et en elles-mêmes.

he closed the book, and demanded what I thought necessary to be done. I replied that I had entire confidence in his superior delicacy of feeling, and would abide by what he proposed. With this answer he seemed flattered, and sat down to write a note to the Baron. It ran thus :

SIR, — My friend, M. P——, will hand you this note. I find it incumbent upon me to request, at your earliest convenience, an explanation of this evening's occurrences at your chambers. In the event of your declining this request, Mr. P. will be happy to arrange, with any friend whom you may appoint, the steps preliminary to a meeting.

With sentiments of perfect respect,

Your most humble servant,

Johan Hermann.

To the Baron Ritzner Von Jung,
August 18th, 18—.

Not knowing what better to do, I called upon Ritzner with this epistle. He bowed as I presented it; then, with a grave countenance, motioned me to a seat. Having perused the cartel, he wrote the following reply, which I carried to Hermann.

SIR,

Through our common friend, Mr. P., I have received your note of this evening. Upon due reflection I frankly admit the propriety of the explanation you suggest. This being admitted, I still find great difficulty, (owing to the *refinedly peculiar* nature of our disagreement, and of the personal affront offered on my part,) in so wording what I have to say by way of apology,

il ferma le livre et me demanda ce que je pensais qu'il fallait faire. Je répondis que j'avais une totale confiance en sa supérieure délicatesse de sentiments, et que je m'en remettrais à ce qu'il proposerait. Il parut flatté par cette réponse et s'assit pour rédiger un mot au Baron. Il disait ceci :

Monsieur, — Mon ami, M. P. —, vous remettra ce mot. Je crois qu'il m'incombe de vous demander, au plus tôt qu'il vous conviendra, une explication pour les événements qui se sont produits ce soir dans vos appartements. Dans l'éventualité où vous déclineriez cette demande, M. P. sera heureux de prendre avec tout ami que vous voudrez bien désigner les dispositions préliminaires à une rencontre.

Avec mes sentiments de parfaite considération,

Votre très humble serviteur,

Johan Hermann

Au Baron Ritzner Von Jung,
Le 18 août 18—

Ne sachant que faire de mieux, je me rendis chez Ritzner avec cette épître. Il s'inclina lorsque je la lui présentai ; puis, l'expression grave, il m'indiqua un siège. Ayant pris connaissance du cartel, il rédigea la réponse suivante que je portai à Hermann.

Monsieur,

Par l'intermédiaire de notre ami commun, M. P., j'ai reçu votre mot de ce soir. Tout bien réfléchi, j'admets franchement l'opportunité de l'explication que vous suggérez. Cela étant admis, j'éprouve encore une grande difficulté (compte tenu de la nature *particulièrement délicate* de notre différend, et de l'affront personnel que pour ma part je vous ai fait) à formuler ce que j'ai à dire en matière d'excuses,

as to meet all the minute exigencies, and all the variable shadows of the case. I have great reliance, however, on that extreme delicacy of discrimination, in matters appertaining to the rules of etiquette, for which you have been so long and so preëminently distinguished. With perfect certainty, therefore, of being comprehended, I beg leave, in lieu of offering any sentiments of my own, to refer you to the opinions of the Sieur Hédelin, as set forth in the ninth paragraph of the chapter of "*Injuriæ per applicationem, per constructionem, et per se,*" in his "*Duelli Lex scripta, et non; aliterque.*" The nicety of your discernment in all the matters here treated, will be sufficient, I am assured, to convince you *that the mere circumstance of me referring you* to this admirable passage, ought to satisfy your request, as a man of honor, for explanation.

With sentiments of profound respect,

Your most obedient servant,

Von Jung.

The Herr Johan Hermann.
August 18th, 18—.

Hermann commenced the perusal of this epistle with a scowl, which, however, was converted into a smile of the most ludicrous self-complacency as he came to the rigmarole about *Injuriæ per applicationem, per constructionem, et per se.* Having finished reading, he begged me, with the blandest of all possible smiles, to be seated, while he made reference to the treatise in question. Turning to the passage specified, he read it with great care to himself, then closed the book, and desired me, in my character of confidential acquaintance, to express to the Baron Von Jung his exalted sense of his chivalrous behaviour, and, in that of second,

de façon à répondre aux minutieuses exigences et à toutes les nuances variables de ce cas. J'ai grande confiance cependant en cette extrême sensibilité de jugement dans les matières relevant des règles protocolaires, sensibilité à propos de laquelle vous vous êtes distingué depuis si longtemps et avec tant de prééminence. C'est donc avec la parfaite certitude d'être compris qu'au lieu de vous présenter des sentiments personnels, je vous demande de vous reporter aux avis du sieur Hédelin, tels qu'ils sont formulés dans le neuvième paragraphe du chapitre « *Injuriae per applicationem, per constructionem, et per se* » de son « *Duelli lex scripta, et non ; aliterque* ». Votre finesse de jugement quant à toutes les matières qui y sont traitées suffira, j'en suis sûr, à vous convaincre *que le seul fait que je vous renvoie* à cet admirable passage devrait, en tant qu'homme d'honneur, satisfaire votre demande d'une explication.

Avec mes sentiments de profond respect,

Votre très obéissant serviteur

Von Jung

Au Sieur Johan Hermann
Le 18 août 18—

Hermann commença la lecture de cette épître avec un air maussade qui, cependant, se transforma en un sourire de la plus comique autosatisfaction lorsqu'il parvint au fatras sur *Injuriae per applicationem, per constructionem, et per se*. Sa lecture achevée, il me pria, avec le plus aimable de tous les sourires, de m'asseoir tandis qu'il se référait au traité en question. Trouvant le passage cité, il le lut avec le plus grand soin, puis ferma le livre et me demanda, en ma qualité d'ami intime, d'exprimer au Baron Von Jung le sentiment élevé qu'il avait de sa conduite chevaleresque, et, en ma qualité de témoin,

to assure him that the explanation offered was of the fullest, the most honourable, and the most unequivocally satisfactory nature.

Somewhat amazed at all this, I made my retreat to the Baron. He seemed to receive Hermann's amicable letter as a matter of course, and after a few words of general conversation, went to an inner room and brought out the everlasting treatise "*Duelli Lex scripta, et non; aliterque.*" He handed me the volume and asked me to look over some portion of it. I did so, but to little purpose, not being able to gather the least particle of meaning. He then took the book himself, and read me a chapter aloud. To my surprise, what he read proved to be a most horribly absurd account of a duel between two baboons. He now explained the mystery; showing that the volume, as it appeared *prima facie*, was written upon the plan of the nonsense verses of Du Bartas[1]; that is to say, the language was ingeniously framed so as to present to the ear all the outward signs of intelligibility, and even of profundity, while in fact not a shadow of meaning existed.

1. Guillaume de Salluste *Du Bartas* (1544-1590) : ce huguenot ami d'Henri IV fut un poète fécond, le plus célèbre de son temps avec Ronsard. Le divertissement linguistique ne fut pas à proprement parler la principale activité de Du Bartas, mais les poètes de son entourage se livrèrent à toutes sortes de jeux poétiques et

de l'assurer que l'explication offerte avait le caractère le plus entier, le plus honorable et le plus nettement satisfaisant.

Quelque peu étonné par tout cela, je m'en retournai chez le Baron. Il parut recevoir le message amical de Hermann comme allant de soi, et, après quelques mots de conversation générale, il passa dans une arrière-pièce et en rapporta le sempiternel traité « *Duelli lex scripta, et non ; aliterque* ». Il me tendit le volume et me demanda d'en parcourir un passage. Je le fis donc mais avec un bien piètre résultat, car je ne parvins pas à y saisir la moindre parcelle de sens. Il prit alors lui-même le livre et me lut un passage à haute voix. À ma surprise ce qu'il lisait s'avéra être le compte rendu le plus horriblement absurde d'un duel entre deux babouins. Il m'expliqua alors le mystère, me révélant que le volume, tel qu'il se présentait *prima facie*, était écrit à la façon des vers amphigouriques de Du Bartas ; c'est-à-dire que le discours était ingénieusement combiné de façon à présenter à l'oreille tous les signes extérieurs d'intelligibilité, et même de profondeur, alors qu'en fait il n'y avait pas l'ombre d'un sens.

rhétoriques : vers amphigouriques, macaroniques ou onomatopéiques, rébus, devises, lipogrammes (disparition d'une ou plusieurs lettres), vers rapportés (qui se lisent aussi bien horizontalement que verticalement), poèmes en forme d'objets, calligrammes, etc. Poe le cite plusieurs fois dans ses essais et critiques.

The key to the whole was found in leaving out every second and third word alternately, when there appeared a series of ludicrous quizzes upon a single combat as practised in modern times.

The Baron afterwards informed me that he had purposely thrown the treatise in Hermann's way two or three weeks before the adventure, and that he was satisfied, from the general tenor of his conversation, that he had studied it with the deepest attention, and firmly believed it to be a work of unusual merit. Upon this hint he proceeded. Hermann would have died a thousand deaths rather than acknowledge his inability to understand anything and everything in the universe that had ever been written about the *duello*.

La clé de l'ensemble consistait à sauter chaque second puis chaque troisième mot alternativement, et alors apparaissait une suite de plaisanteries grotesques à propos du combat singulier tel qu'on le pratique aux temps modernes.

Le Baron m'apprit ensuite qu'il avait introduit exprès le traité dans le circuit d'Hermann deux ou trois semaines avant l'aventure, et qu'il s'était rendu compte, d'après la teneur générale de la conversation, que celui-ci l'avait étudié avec la plus profonde attention et qu'il le tenait fermement pour un ouvrage d'un exceptionnel mérite. À partir de ces indices, il avait poursuivi son entreprise. Hermann aurait bravé mille morts plutôt que de s'avouer incapable de comprendre quoi que ce soit qui ait jamais été écrit dans l'univers sur le *duello*.

The Man that was Used up
L'homme qui était usé

THE MAN THAT WAS USED UP[1]

A Tale of the Late Bugaboo and Kickapoo[2] Campaign

Pleurez, pleurez, mes yeux, et fondez-vous en eau !
La moitié de ma vie a mis l'autre au tombeau.

Corneille, *Le Cid,* III, III.

I cannot just now remember when or where I first made the acquaintance of that truly fine-looking fellow, Brevet Brigadier-General John A. B. C. Smith[3]. Some one *did* introduce me to the gentleman, I am sure, – at some public meeting, I know very well –

1. Le titre *The Man that was used up* peut signifier à la fois « L'homme qui était usé », « L'homme qui était fini », « L'homme qui était épuisé, exténué, à bout », « L'homme dont il ne restait rien ». Le contexte ferait plutôt pencher vers ce dernier sens, mais l'ambiguïté n'est levée qu'à la fin de l'histoire. C'est pourquoi nous conservons ce titre assez neutre.

2. *Les Kickapous* sont une tribu indienne qui vivait près des marais de Floride. Il reste aujourd'hui quelques Kickapous dans les bidonvilles de la frontière du Texas, près du Rio Grande. Poe cite ces Indiens dans la *Philosophie de l'ameublement* et dans ses *Marginalia,* notamment. Comme on le comprendra par la suite, les Kickapous scalpaient leurs prisonniers. *Bugaboo* est une déformation de « Bagaboo », croque-mitaine.

L'HOMME QUI ÉTAIT USÉ

Une histoire de la dernière campagne contre les Bugabous et les Kickapous

Pleurez, pleurez, mes yeux, et fondez-vous en eau !
La moitié de ma vie a mis l'autre au tombeau.

Corneille, *Le Cid*, III, 3.

Sur le moment, je ne puis me rappeler ni quand ni où j'ai, pour la première fois, fait la connaissance de ce personnage vraiment superbe, le Général de Brigade Honoraire John A.B.C. Smith. Quelqu'un m'a présenté au monsieur, j'en suis sûr — lors de quelque réunion publique, je le sais fort bien —

3. *John A. B. C. Smith :* le personnage peut avoir été inspiré par deux généraux contemporains de Poe : le général Winfield Scott qui combattit les Winnebagos, les Sioux, les Séminoles et plus tard les Mexicains, et qui devait se présenter en vain à la présidence des États-Unis en 1852 ; et le général William Henry Harrison, vainqueur du chef indien Tecumseh à Tippecanoe (1811). Harrison se présenta à l'élection présidentielle de 1840 pour le parti whig contre John Tyler avec le slogan « Tippecanoe and Tyler too ! » (« Tippecanoe et Tyler aussi ! ») dont le sous-titre de la nouvelle est peut-être une parodie. Harrison fut bien élu neuvième président des États-Unis. Mais il devait mourir à peine un mois plus tard et Tyler, qui était vice-président, le remplaça donc.

held about something of great importance, no doubt – at some place or other, I feel convinced – whose name I have unaccountably forgotten. The truth is that the introduction was attended, upon my part, with a degree of anxious embarrassment which operated to prevent any definite impressions of either time or place. I am constitutionally nervous; this, with me, is a family failing, and I can't help it. In especial, the slightest appearance of mystery – of any point I cannot exactly comprehend – puts me at once into a pitiable state of agitation.

There was something, as it were, remarkable – yes, *remarkable*, although this is but a feeble term to express my full meaning – about the entire individuality of the personage in question. He was, perhaps, six feet in height and of a presence singularly commanding. There was an *air distingué* pervading the whole man, which spoke of high breeding, and hinted at high birth. Upon this topic, the topic of Smith's personal appearance, I have a kind of melancholy satisfaction in being minute. His head of hair would have done honor to a Brutus; nothing could be more richly flowing, or possess a brighter gloss. It was of a jetty black; which was also the color, or more properly, the no color, of his unimaginable whiskers. You perceive I cannot speak of these latter without enthusiasm; it is not too much to say that they were the handsomest pair of whiskers under the sun.

organisée à propos d'une chose de grande importance, sans aucun doute — à un endroit ou à un autre, j'en suis convaincu — mais j'ai inexplicablement oublié son nom. La vérité, c'est que cette présentation provoqua en moi une gêne empreinte d'une telle anxiété qu'elle annula en moi toute impression précise de temps et de lieu. Je suis de constitution nerveuse — c'est, chez moi, un défaut héréditaire, et je n'y puis rien. En particulier, le moindre soupçon de mystère — sur toute question que je ne peux appréhender avec exactitude — me met immédiatement dans un déplorable état d'agitation.

D'une certaine façon, il y avait quelque chose de remarquable — oui, de *remarquable,* encore que ce ne soit qu'un faible terme pour exprimer pleinement ce que je veux dire — dans toute la personnalité de l'individu en question. Il avait, peut-être, six pieds de haut, et un maintien singulièrement imposant. Cet *air distingué* qui imprégnait totalement l'homme dénotait une bonne éducation et suggérait une haute naissance. Sur ce thème — le thème de l'aspect personnel de Smith — j'ai une sorte de satisfaction mélancolique à être minutieux. Sa chevelure aurait fait honneur à un Brutus ; — rien ne pouvait être plus richement abondant, ni posséder un éclat plus brillant. Elle était d'un noir de jais, — couleur, ou plus exactement non-couleur qui était aussi celle de ses inimaginables favoris. Vous comprenez que je ne peux parler de ceux-ci sans enthousiasme ; il n'est pas exagéré de dire que c'était la plus élégante paire de favoris du monde.

At all events, they encircled, and at times partially overshadowed, a mouth utterly unequalled. Here were the most entirely even and the most brilliantly white of all conceivable teeth. From between them, upon every proper occasion, issued a voice of surpassing clearness, melody, and strength. In the matter of eyes, also, my acquaintance was pre-eminently endowed. Either one of such a pair was worth a couple of the ordinary ocular organs. They were of a deep hazel, exceedingly large and lustrous; and there was perceptible about them, ever and anon, just that amount of interesting obliquity which gives pregnancy to expression.

The bust of the General was unquestionably the finest bust I ever saw. For your life you could not have found a fault with its wonderful proportion. This rare peculiarity set off to great advantage a pair of shoulders which would have called up a blush of conscious inferiority into the countenance of the marble Apollo. I have a passion for fine shoulders, and may say that I never beheld them in perfection before. The arms altogether were admirably modelled. Nor were the lower limbs less superb. These were, indeed, the *nec plus ultra* of good legs. Every connoisseur in such matters admitted the legs to be good. There was neither too much flesh nor too little, – neither rudeness nor fragility. I could not imagine a more graceful curve than that of the *os femoris*,

En tout cas, ils entouraient, et parfois ombrageaient en partie une bouche absolument sans égale. Et là, il y avait les dents les plus parfaitement régulières et les plus lumineusement blanches qu'on puisse concevoir. À travers ces dents, à chaque occasion appropriée, jaillissait une voix d'une clarté, d'une mélodie et d'une force incomparables. En matière d'yeux aussi, ma nouvelle relation était suprêmement dotée. Chacun de ces yeux valait au moins une paire d'organes oculaires ordinaires. Ils étaient noisette foncé, excessivement grands et brillants ; et on y percevait, de temps à autre, juste cette dose d'intéressant strabisme qui donne de la plénitude à l'expression.

Le buste du Général était indiscutablement le plus beau buste que j'aie jamais vu. Au prix de votre vie, vous n'auriez pu trouver un défaut à sa merveilleuse proportion. Cette rare qualité mettait largement en valeur une paire d'épaules qui aurait engendré un sentiment d'infériorité au point d'empourprer le visage de l'Apollon de marbre. J'ai une passion pour les belles épaules, et je dois dire que je n'en avais jamais vu de parfaites auparavant. Les bras dans l'ensemble étaient admirablement modelés. Et les membres inférieurs n'étaient pas moins superbes. C'était vraiment le *nec plus ultra* des bonnes jambes. Tout connaisseur en ces matières admettait que ces jambes étaient bonnes. Il n'y avait ni trop de chair, ni trop peu, — ni trop de rudesse ni trop de gracilité. Je ne pouvais imaginer plus gracieuse courbe que celle de l'*os femoris*,

and there was just that due gentle prominence in the rear of the *fibula* which goes to the conformation of a properly proportioned calf. I wish to God my young and talented friend, Chiponchipino, the sculptor, had but seen the legs of Brevet Brigadier-General John A. B. C. Smith.

But although men so absolutely fine-looking are neither as plenty as reasons or blackberries[1], still I could not bring myself to believe that *the remarkable* something to which I alluded just now, – that the odd air of *je ne sais quoi* which hung about my new acquaintance, – lay altogether, or indeed at all, in the supreme excellence of his bodily endowments. Perhaps it might be traced to the *manner*; yet here again I could not pretend to be positive. There *was* a primness, not to say stiffness, in his carriage; a degree of measured, and, if I may so express it, of rectangular precision, attending his every movement, which, observed in a more diminutive figure, would have had the least little savor in the world of affectation, pomposity, or constraint, but which, noticed in a gentleman of his undoubted dimensions, was readily placed to the account of reserve, *hauteur* – of a commendable sense, in short, of what is due to the dignity of colossal proportion.

1. *Raisons ou mûres :* allusion à une phrase du dialogue entre Falstaff et le prince Henry dans *Henry IV* de Shakespeare (II, IV) : « Give you a reason on compulsion ! If reasons were as plentiful as blackberries, I would give no man a reason upon compulsion, I ! » (« Vous donner une raison par contrainte ! Quand bien même les

et il y avait, juste à l'arrière de la *fibula,* cette douce proéminence attendue qui contribue à la formation d'un mollet bien proportionné. Plût à Dieu que mon jeune et talentueux ami Chiponchipino, le sculpteur, ait seulement vu les jambes du Général de Brigade Honoraire John A.B.C. Smith.

Mais, bien que les hommes aussi absolument beaux ne soient pas plus abondants que les raisons ou les mûres, je ne pouvais me résoudre à croire que le *remarquable* petit quelque chose auquel je viens juste de faire allusion, — que l'étrange air de *je ne sais quoi* qui enveloppait ma nouvelle relation, — résidât entièrement voire en quoi que ce soit, dans la suprême excellence de ses qualités corporelles. Peut-être pouvait-on attribuer cela à ses *manières ;* — encore qu'ici à nouveau je ne puisse prétendre être affirmatif. Il y *avait* un air hautain, pour ne pas dire une raideur, dans son allure — un degré de précision mesurée, et, si je puis l'exprimer ainsi, de précision rectangulaire, affectant chacun de ses mouvements, et qui, observé chez une personne de taille plus modeste, aurait eu une légère nuance d'affectation, de pompe ou de contrainte, mais qui relevé chez un monsieur d'une taille aussi indiscutable était aussitôt mis sur le compte de la réserve, de la *hauteur* — en bref, du sentiment louable de ce qui est dû à la dignité de la proportion colossale.

raisons seraient aussi abondantes que les mûres, je n'en donnerais à personne par contrainte, moi ! ») L'effet comique est renforcé par le fait que « reasons » et « raisins » (raisins) se prononcent de façon très proche.

The kind friend who presented me to General Smith whispered in my ear some words of comment upon the man. He was a *remarkable* man – a *very* remarkable man – indeed one of the *most* remarkable men of the age. He was an especial favorite, too, with the ladies, chiefly on account of his high reputation for courage. "In *that* point he is unrivalled; indeed, he is a perfect desperado – a downright fire-eater, and no mistake," said my friend, here dropping his voice excessively low, and thrilling me with the mystery of his tone.

"A downright fire-eater, and *no* mistake. Showed *that*, I should say, to some purpose, in the late tremendous swamp-fight away down South, with the Bugaboo and Kickapoo Indians." (Here my friend opened his eyes to some extent.) "Bless my soul! – blood and thunder, and all that! – *prodigies* of valor! – heard of him of course? – you know he's the man–"

"Man alive, how *do* you do? why, how *are* ye? *very* glad to see ye, indeed [1]!" There interrupted the General himself, seizing my companion by the hand as he drew near, and bowing stiffly but profoundly, as I was presented. I then thought (and I think so still) that I never heard a clearer nor a stronger voice nor beheld a finer set of teeth; but I *must* say that I was sorry for the interruption just at that moment, as, owing to the whispers and insinuations aforesaid,

1. Le Général égrène mécaniquement quatre formules de politesse équivalentes.

L'aimable ami qui me présenta au Général Smith me murmura à l'oreille quelques mots de commentaires sur l'homme. C'était un homme *remarquable* — un homme *très* remarquable — en vérité l'un des hommes les *plus* remarquables de l'époque. De plus, il était spécialement apprécié des dames — surtout à cause de sa grande réputation de courage.

« Sur *ce* point, il est sans rival — c'est vraiment un parfait risque-tout — un franc batailleur, il n'y a pas d'erreur », dit mon ami qui baissa alors excessivement la voix et m'impressionna par son ton mystérieux.

« Un franc batailleur, il n'y a pas d'erreur. Il l'a montré, dirais-je, avec quelque efficacité, lors du dernier combat furieux dans les marais contre les Indiens Bugabous et Kickapous. » À ce moment mon ami ouvrit tout grands les yeux. « Miséricorde ! — tonnerre de Dieu, et tout ça ! — des *prodiges* de vaillance ! — entendu parler de lui, bien sûr ? — Vous savez qu'il est l'homme — »

« L'homme lui-même, comment *ça* va ? comment *allez*-vous ? *très* heureux de vous voir, vraiment ! » coupa alors le Général en personne, qui saisit la main de mon compagnon au moment où il s'approchait et, tandis qu'on me présentait, il s'inclina avec raideur, quoique profondément. Je pensai alors (et je le pense encore) que je n'avais jamais entendu voix plus claire ni plus puissante, ni contemplé plus belle rangée de dents : mais je *dois* dire que j'étais fâché que la conversation ait été interrompue juste au moment où, par suite des murmures et des allusions déjà mentionnés,

my interest had been greatly excited in the hero of the Bugaboo and Kickapoo campaign.

However, the delightfully luminous conversation of Brevet Brigadier-General John A. B. C. Smith soon completely dissipated this chagrin. My friend leaving us immediately, we had quite a long *tête-à-tête*, and I was not only pleased but *really* – instructed. I never heard a more fluent talker, or a man of greater general information. With becoming modesty, he forbore, nevertheless, to touch upon the theme I had just then most at heart: I mean the mysterious circumstances attending the Bugaboo War; and, on my own part, what I conceive to be a proper sense of delicacy forbade me to broach the subject; although, in truth, I was exceedingly tempted to do so. I perceived, too, that the gallant soldier preferred topics of philosophical interest, and that he delighted especially in commenting upon the rapid march of mechanical invention. Indeed, lead him where I would, this was a point to which he invariably came back.

"There is nothing at all like it," he would say; "we are a wonderful people, and live in a wonderful age. Parachutes and railroads – man-traps and spring-guns! Our steamboats are upon every sea, and the Nassau balloon packet is about to run regular trips (fare either way only twenty pounds sterling) between London and Timbuctoo.

mon intérêt envers le héros de la campagne contre Bugabous et Kickapous venait d'être fortement stimulé.

Cependant, la conversation délicieusement lumineuse du Général de Brigade Honoraire John A.B.C. Smith dissipa bientôt complètement ce dépit. Mon ami nous quittant tout de suite, nous eûmes un très long *tête-à-tête*, et je n'en fus pas seulement ravi, mais *vraiment* je m'en instruisis. Je n'ai jamais entendu causeur plus à l'aise ni homme d'une plus grande culture générale. Avec une élégante modestie, il évita néanmoins d'aborder le thème que j'avais justement le plus à cœur à ce moment-là — je veux dire les circonstances mystérieuses de la guerre contre les Bugabous — et, de mon côté, ce que je considère comme un sens naturel de la discrétion m'interdit d'aborder ce sujet ; pourtant j'étais en vérité extrêmement tenté de le faire. Je m'aperçus aussi que le vaillant soldat préférait les sujets d'intérêt philosophique, et qu'il se délectait spécialement à commenter les progrès rapides de l'invention mécanique. J'avais beau, en effet, l'entraîner où je le souhaitais, c'était un point sur lequel il revenait invariablement.

« Il n'y a rien d'équivalent à cela, disait-il ; nous sommes un peuple merveilleux, et nous vivons une époque merveilleuse. Parachutes et chemins de fer — chausse-trapes et pièges à fusil ! Nos vapeurs sont sur chaque mer, et le ballon-paquebot Nassau est prêt à effectuer des voyages réguliers (pour seulement vingt livres sterling dans l'un ou l'autre sens) entre Londres et Tombouctou.

And who shall calculate the immense influence upon social life – upon arts – upon commerce – upon literature – which will be the immediate result of the great principles of electro-magnetics! Nor is this all, let me assure you! There is really no end to the march of invention. The most wonderful – the most ingenious – and let me add, Mr – Mr – Thompson, I believe, is your name – let me add, I say, the most *useful* – the most truly *useful*[1] mechanical contrivances are daily springing up like mushrooms, if I may so express myself, or, more figuratively, like – ah – grasshoppers – like grasshoppers, Mr Thompson – about us and ah – ah – ah – around us!"

Thompson, to be sure, is not my name; but it is needless to say that I left General Smith with a heightened interest in the man, with an exalted opinion of his conversational powers, and a deep sense of the valuable privileges we enjoy in living in this age of mechanical inventions. My curiosity, however, had not been altogether satisfied, and I resolved to prosecute immediate inquiry among my acquaintances touching the Brevet Brigadier-General himself, and particularly respecting the tremendous events *quorum pars magna fuit*[2], during the Bugaboo and Kickapoo campaign.

1. *Utile :* le Général emploie le mot « useful » (utile) qui a la même racine que le mot « used » (usé) du titre.

2. *Quorum pars magna fuit :* dont il fut l'acteur principal. La phrase provient de l'*Énéide* (II, 6). Elle est mise par Poe à la troisième personne (*fuit* et non *fui*).

Et qui évaluera l'immense influence sur la vie sociale — sur les arts — sur le commerce — sur la littérature — qui découlera immédiatement des grands principes de l'électromagnétisme ! Et ce n'est pas tout, je vous l'assure ! Il n'y a vraiment aucun terme à la marche de l'invention. Les plus merveilleuses — les plus ingénieuses — et permettez-moi d'ajouter, Monsieur — Monsieur Thompson, je crois que c'est votre nom — permettez-moi d'ajouter, dis-je, les plus *utiles* — les plus véritablement *utiles* des inventions mécaniques, jaillissent chaque jour comme des champignons, si je puis m'exprimer ainsi, ou, de façon plus imagée encore, comme — ah — des sauterelles — comme des sauterelles, — Monsieur Thompson — sur nous et ah — ah — ah — autour de nous ! »

Thompson, bien sûr, n'est pas mon nom ; mais il est inutile de préciser que je quittai le Général Smith avec un intérêt accru pour l'homme, une opinion élevée de ses capacités oratoires et un sens aigu du précieux privilège que nous avons de vivre en cette époque d'invention mécanique. Ma curiosité cependant, n'avait pas été entièrement satisfaite et je résolus d'engager immédiatement une enquête parmi mes relations à propos du Général de Brigade Honoraire lui-même, et en particulier au sujet des terribles événements *quorum pars magna fuit,* durant la campagne contre Bugabous et Kickapous.

The first opportunity which presented itself, and which (*horresco referens*[1]) I did not in the least scruple to seize, occurred at the Church of the Reverend Doctor Drummummupp[2], where I found myself established, one Sunday, just at sermon time, not only in the pew, but by the side, of that worthy and communicative little friend of mine, Miss Tabitha T. Thus seated, I congratulated myself, and with much reason, upon the very flattering state of affairs. If any person knew anything about Brevet Brigadier-General John A. B. C. Smith, that person, it was clear to me, was Miss Tabitha T. We telegraphed a few signals, and then commenced, *sotto voce*, a brisk *tête-à-tête*.

"Smith!" said she, in reply to my very earnest inquiry; "Smith! – why, not General John A. B. C.? Bless me, I thought you *knew* all about *him*! This is a wonderfully inventive age! Horrid affair that! – a bloody set of wretches, those Kickapoos! – fought like a hero – prodigies of valor – immortal renown. Smith! – Brevet Brigadier-General John A. B. C.! – why, you know he's the man –"

"Man," here broke in Dr Drummummupp, at the top of his voice, and with a thump that came near knocking the pulpit about our ears; "man that is born of a woman hath but a short time to live;

1. *Horresco referens :* « Je tremble en le racontant », la fameuse phrase de Virgile (*Énéide,* II, 204).

2. *Drummummupp :* « to drum up », racoler, battre le tambour. Le mot est écrit comme une onomatopée évoquant un roulement de tambour.

La première occasion qui se présenta, et que *(horresco referens)* je n'eus pas le moindre scrupule à saisir, ce fut en l'église du Révérend Docteur Drummummupp, où je me retrouvai installé un dimanche juste à l'heure du sermon non seulement sur le même banc, mais juste à côté d'une de mes amies, la digne et communicative Mlle Tabitha T. Placé ainsi, je me félicitai, et avec force raison, de l'avantageuse progression de la situation. Si quelqu'un savait quelque chose sur le Général de Brigade Honoraire John A.B.C. Smith, cette personne, c'était pour moi évident, était Mlle Tabitha T. Nous nous télégraphiâmes quelques signaux, puis nous entamâmes, *sotto voce,* un *tête-à-tête* animé.

« Smith ! » dit-elle, pour répondre à ma très pressante question ; « Smith ! — quoi, pas le Général John A.B.C. ? Miséricorde, je croyais que vous *saviez* tout de *lui !* Quelle époque merveilleusement inventive ! Quelle horrible affaire ! — une sacrée bande de scélérats, ces Kickapous ! — s'est battu comme un héros — prodiges de vaillance — gloire immortelle. Smith ! — le Général de Brigade Honoraire John A.B.C. ! — voyons, vous savez bien que c'est l'homme — »

« L'homme », coupa ici le Docteur Drummummupp à la limite de sa voix et avec un coup de poing qui faillit défoncer la chaire sur nous, « l'homme qui est né d'une femme n'a qu'un court temps à vivre ;

he cometh up and is cut down like a flower [1]!" I started to the extremity of the pew, and perceived by the animated looks of the divine that the wrath which had nearly proved fatal to the pulpit had been excited by the whispers of the lady and myself. There was no help for it; so I submitted with a good grace, and listened, in all the martyrdom of dignified silence, to the balance of that very capital discourse.

Next evening found me a somewhat late visitor at the Rantipole theatre, where I felt sure of satisfying my curiosity at once, by merely stepping into the box of those exquisite specimens of affability and omniscience, the Misses Arabella and Miranda Cognoscenti [2]. That fine tragedian, Climax, was doing Iago to a very crowded house, and I experienced some little difficulty in making my wishes understood; especially as our box was next the slips, and completely overlooked the stage.

"Smith?" said Miss Arabella, as she at length comprehended the purport of my query; "Smith? – why, not General John A. B. C.?"

"Smith?" inquired Miranda, musingly. "God bless me, did you ever behold a finer figure?"

"Never, madam, but *do* tell me –"

"Or so inimitable grace?"

1. On reconnaît la fameuse invocation du livre de Job, mais telle qu'elle a été réutilisée et arrangée dans le rituel funéraire du *Book of common prayer* anglican.

2. *Cognoscenti :* nom d'inspiration latine (« connaissant »). *Culminant :* en anglais « climax ».

il croît puis il est coupé comme une fleur ! » Je bondis à l'extrémité du banc et je compris aux regards furieux de l'ecclésiastique que la colère qui avait failli être fatale à la chaire avait été déclenchée par les murmures de la dame et les miens. Il n'y avait rien à faire ; aussi je me soumis de bonne grâce, et j'écoutai, au grand supplice d'un digne silence, le reste de ce discours si capital.

Le soir suivant me trouva visiteur quelque peu tardif au théâtre Rantipole, où j'étais sûr de satisfaire immédiatement ma curiosité, tout simplement en pénétrant dans la loge de ces exquis modèles d'affabilité et d'omniscience, les Demoiselles Arabella et Miranda Cognoscenti. Ce grand tragédien, Culminant, jouait Iago devant une salle bondée, et j'éprouvai quelque difficulté à faire comprendre mes demandes ; d'autant plus que notre loge se trouvait contre les coulisses et surplombait complètement la scène.

« Smith ? » dit Mlle Arabella, lorsque enfin elle comprit la portée de ma question ; « Smith ? — voyons, pas le Général John A.B.C. ? »

« Smith ? » demanda Miranda, rêveusement, « mon Dieu, avez-vous jamais vu plus belle allure ? »

« Jamais, Mademoiselle, mais *dites*-moi — »

« Ou une grâce si inimitable ? »

"Never, upon my word! – but pray inform me –"

"Or so just an appreciation of stage effect?"

"Madam!"

"Or a more delicate sense of the true beauties of Shakespeare? Be so good as to look at that leg!"

"The devil!" and I turned again to her sister.

"Smith?" said she, "why, not General John A. B. C.? Horrid affair that, wasn't it? – great wretches, those Bugaboos – savage and so on – but we live in a wonderfully inventive age! – Smith! – Oh, yes! great man! – perfect desperado – immortal renown – prodigies of valor! *Never heard!*" (This was given in a scream.) "Bless my soul! – why, he's the man –"

...mandragora[1]
Nor all the drowsy syrups of the world
Shall ever medicine thee to that sweet sleep
Which thou owedst yesterday[2]!

here roared out Climax just in my ear,

1. Le jeu de mots est ici intraduisible. On vient de dire « he's the man » — et l'acteur enchaîne — « mandragora ». Chaque fois que le narrateur pose une question à propos du Général, on lui répond « he's the man » (« c'est l'homme ») et quelqu'un interrompt en reprenant le mot « man » (homme) au vol et en se servant de cette syllabe comme « embrayeur » d'un autre mot, d'une locution ou d'un nom propre. Il en a déjà été ainsi avec les paroles du Général lui-même (« ... man — man alive » : l'homme en personne, mais

« Jamais, ma foi ! — mais je vous en prie, précisez-moi — »

« Ou une si juste appréciation de l'effet scénique ? »

« Mademoiselle ! »

« Ou un sens plus délicat des véritables beautés de Shakespeare ? Faites-moi le plaisir de regarder cette jambe ! »

« Au diable ! » et je me tournai de nouveau vers sa sœur.

« Smith ? » dit-elle, « voyons, pas le Général John A.B.C. ? Quelle horrible affaire, n'est-ce pas ? — de grands scélérats ces Bugabous — sauvages et tout le reste — mais nous vivons une époque merveilleusement inventive ! — Smith ! — oh oui ! grand homme ! — parfait risque-tout — gloire immortelle — prodiges de vaillance ! *jamais entendu parler !* » (Ces derniers mots furent jetés dans un cri.) « Miséricorde ! — voyons, mais c'est l'homme — »

... mandragore
Ni tous les sirops narcotiques du monde
Ne seront pour toi remède à ce doux sommeil
Que tu avais hier !

se mit alors à hurler Culminant juste dans mon oreille,

l'expression est une formule de politesse qui signifie « Ça, par exemple ! »). Puis il y a eu « man that is born of woman » et « mandragora ». Et il va y avoir « Captain Mann, Man-Fred, Man-Friday ». Les dialogues se terminent avec « man in the mask » et « man in the moon » jusqu'à ce que le narrateur aille voir de lui-même « the man — that was used up ».

2. Shakespeare, *Othello*, III, III.

and shaking his fist in my face all the time, in a way that I *couldn't* stand, and I *wouldn't*. I left the Misses Cognoscenti immediately, went behind the scenes forthwith, and gave the beggarly scoundrel such a thrashing as I trust he will remember to the day of his death.

At the *soirée* of the lovely widow, Mrs Kathleen O'Trump [1], I was confident that I should meet with no similar disappointment. Accordingly, I was no sooner seated at the card-table, with my pretty hostess for a *vis-à-vis*, than I propounded those questions the solution of which had become a matter so essential to my peace.

"Smith?" said my partner, "why, not General John A. B. C.? Horrid affair that, wasn't it? – diamonds, did you say? – terrible wretches those Kickapoos! – we are playing *whist*, if you please, Mr Tattle – however, this is the age of invention, most certainly *the* age, one may say – *the age par excellence* – speak French? – oh, quite a hero – perfect desperado! – *no hearts*, Mr Tattle? I don't believe it! – Immortal renown and all that – prodigies of valor! *Never heard!!* – why, bless me, he's the man –"

"Mann? – *Captain* Mann?" here screamed some little feminine interloper from the farthest corner of the room. "Are you talking about Captain Mann and the duel? – oh, I *must* hear – do tell – go on, Mrs O'Trump! – do now go on!"

1. Trump : atout aux cartes mais aussi trompe.

en secouant pendant tout ce temps le poing vers mon visage d'une façon que je *ne pus* supporter et que d'ailleurs je *ne voulus* supporter. Je quittai immédiatement les demoiselles Cognoscenti, passai tout droit dans les coulisses et mis au misérable coquin une telle raclée qu'il s'en souviendra, j'en suis sûr, jusqu'au jour de sa mort.

À la *soirée* de Mme Kathleen Latout, la ravissante veuve, j'étais certain de ne pas affronter semblable déception. Aussi, à peine fus-je assis à la table de jeu avec ma jolie hôtesse pour un *vis-à-vis*, que je lui posai ces questions dont la réponse était devenue chose si essentielle à ma tranquillité.

« Smith ? » dit ma partenaire, « quoi, pas le Général John A.B.C. ? Quelle horrible affaire, n'est-ce pas ? — carreau avez-vous dit ? — terribles scélérats ces Kickapous ! — nous jouons au *whist*, s'il vous plaît, Monsieur Cancan — heureusement, nous sommes au siècle des inventions, très certainement *le* siècle, peut-on dire — *le siècle par excellence* — vous parlez français ? — oh, vraiment un héros — un parfait risque-tout — *pas de cœur*, Monsieur Cancan ? Je n'y crois pas ! — gloire immortelle et tout le reste — prodiges de vaillance ! *Jamais entendu parler de lui !* — enfin mon Dieu, mais c'est l'homme — »

« Lhomme ? — le Capitaine Lhomme ? » s'écria alors une petite intruse de l'autre bout de la pièce. « Parlez-vous du Capitaine Lhomme et du duel ? — oh, il *faut* que j'entende ça — racontez — allez-y, Madame Latout ! racontez, allez-y. »

And go on Mrs O'Trump did – all about a certain Captain Mann, who was either shot or hung, or should have been shot and hung. Yes! Mrs O'Trump, she went on, and I – I went off. There was no chance of hearing anything farther that evening in regard to Brevet Brigadier-General John A. B. C. Smith.

Still I consoled myself with the reflection that the tide of ill luck would not run against me forever, and so determined to make a bold push for information at the rout of that bewitching little angel, the graceful Mrs Pirouette.

"Smith?" said Mrs P— as we twirled about together in a *pas de zéphyr*, "Smith? – why, not General John A. B. C.? Dreadful business that of the Bugaboos, wasn't it? – terrible creatures, those Indians! *do* turn out your toes! I really am ashamed of you – man of great courage, poor fellow! – but this is a wonderful age for invention – oh, dear me, I'm out of breath – quite a desperado – prodigies of valor – *never heard!!* – can't believe it – I shall have to sit down and enlighten you – Smith! why, he's the man –"

"Man-*Fred*, I tell you!" here bawled out Miss Bas-Bleu, as I led Mrs Pirouette to a seat. "Did ever anybody hear the like?

Et Mme Latout y alla — à propos d'un certain Capitaine Lhomme qui avait été soit fusillé soit pendu, ou qui aurait dû être à la fois fusillé et pendu. Oui ! Mme Latout y alla, et moi — je m'en allai. Il n'y avait aucune chance d'apprendre quoi que ce soit de plus ce soir-là au sujet du Général de Brigade Honoraire John A.B.C. Smith.

Je me consolai cependant à la pensée que le courant de malchance ne serait pas toujours contre moi, et je résolus de faire un effort audacieux pour m'informer lors du raout de ce petit ange ensorceleur, la gracieuse Mme Pirouette.

« Smith ? » dit Mme P., tandis que nous tournions tous deux dans un *pas de zéphyr,* « Smith ? — quoi, pas le Général John A.B.C. ? Terrible affaire que celle des Bugabous, n'est-ce pas ? — terribles créatures ces Indiens ! — Écartez donc les pieds ! J'ai vraiment honte de vous — homme d'un grand courage, le pauvre ! — mais quelle merveilleuse époque pour les inventions — Ô mon Dieu, je suis tout essoufflée — un vrai risque-tout — prodiges de vaillance — *jamais entendu parler !* — ne peux pas y croire — Il va falloir que je m'asseye pour vous éclairer — Smith ! voyons, mais c'est l'homme — »

« L'homme Manfred, je vous le dis ! » brailla alors Mlle Bas-Bleu, au moment où je conduisais Mme Pirouette vers un siège. « Est-ce qu'on a jamais entendu une chose pareille ?

It's Man-*Fred*, I say, and not at all by any means Man-*Friday*[1]." Here Miss Bas-Bleu beckoned to me in a very peremptory manner; and I was obliged, will I nill I, to leave Mrs P— for the purpose of deciding a dispute touching the title of a certain poetical drama of Lord Byron's. Although I pronounced, with great promptness, that the true title was Man-*Friday*, and not by any means Man-*Fred*, yet when I returned to seek Mrs Pirouette she was not to be discovered, and I made my retreat from the house in a very bitter spirit of animosity against the whole race of the Bas-Bleus.

Matters had now assumed a really serious aspect, and I resolved to call at once upon my particular friend, Mr Theodore Sinivate[2]; for I knew that here at least I should get something like definite information.

"Smith?" said he, in his well-known peculiar way of drawling out his syllables; "Smith? – why, not General John A. B. C.? Savage affair that with the Kickapo-o-o-os, wasn't it? Say! don't you think so? – perfect despera-a-ado – great pity, 'pon my honor! – wonderfully inventive age! – pro-o-odigies of valor! By the bye, did you ever hear about Captain Ma-a-a-n?"

"Captain Mann be d—d!" said I, "please to go on with your story."

"Hem! – oh well! – quite *la même cho-o-ose*, as we say in France.

1. Le jeu de mots ici, à la différence des autres variations sur *man* est rigoureusement intraduisible. Mme Pirouette a dit « man », Mlle Bas-Bleu reprend « Manfred », nom du personnage de Byron, et dit qu'il ne faut pas le confondre avec « Man-Friday », c'est-à-dire

C'est Man-*Fred* — je prétends, et pas du tout, en aucune façon, Man-*Friday*. » Sur ce, Mlle Bas-Bleu me fit signe de très péremptoire manière ; et je fus obligé, bon gré mal gré, d'abandonner Mme P. pour arbitrer un débat à propos du titre d'un certain drame poétique de Lord Byron. Je me dépêchai de répondre que le vrai titre était Man-*Friday* et en aucune façon Man-*Fred,* et cependant, lorsque je revins vers Mme Pirouette, elle resta introuvable, et je quittai la maison avec un très amer sentiment d'animosité envers toute la race des Bas-Bleus.

L'affaire avait maintenant pris un tour vraiment sérieux, et je résolus d'aller trouver immédiatement mon ami intime, M. Théodore Sinivate ; car je savais que là au moins j'obtiendrais quelque chose comme une information précise.

« Smith ? » dit-il, avec sa façon curieuse et bien connue de faire traîner ses syllabes ; « Smith ? — Quoi pas le Général John A—B—C. ? Quelle affaire sauvage que celle des Kickapou-ous n'est-ce pas ? Dites ! Vous ne pensez pas ? — Parfait risque-tou-out — grande pitié, ma parole ! — époque merveilleusement inventive ! — proôodiges de vaillance ! À propos, avez-vous jamais entendu parler du Capitaine Lhoômme ? »

« Au diable le Capitaine Lhomme ! » dis-je, « s'il vous plaît, continuez votre histoire. »

« Hem ! — oh bon ! — tout à fait *la même cho-o-ose,* comme nous disons en France.

Vendredi, le personnage du *Robinson Crusoé* de Defoe. Excédé, la narrateur finira par attribuer « Man-Friday » à Byron.

2. *Sinivate :* prononciation cockney de « insinuate », « insinuer ».

Smith, eh? Brigadier-General John A – B – C.? I say" – (here Mr S— thought proper to put his finger to the side of his nose) – "I say, you don't mean to insinuate now, really and truly, and conscientiously, that you don't know all about that affair of Smith's, as well as I do, eh? Smith? John A – B – C.? Why, bless me, he's the ma-a-an –"

"*Mr* Sinivate," said I, imploringly, "*is* he the man in the mask[1]?"

"No-o-o!" said he, looking wise, "nor the man in the mo-o-on[2]."

This reply I considered a pointed and positive insult, and so left the house at once in high dudgeon, with a firm resolve to call my friend, Mr Sinivate, to a speedy account for his ungentlemanly conduct and ill-breeding.

In the mean time, however, I had no notion of being thwarted touching the information I desired. There was one resource left me yet. I would go to the fountain-head. Il would call forthwith upon the General himself, and demand, in explicit terms, a solution of this abominable piece of mystery. Here, at least, there should be no chance for equivocation. I would be plain, positive, peremptory – as short as pie-crust[3] – as concise as Tacitus or Montesquieu.

1. *L'homme au masque de fer :* « the man in the mask ». L'énigme historique du masque de fer était aussi populaire dans les pays anglo-saxons qu'en France.

2. *L'homme dans la lune :* allusion à un dicton « I know no more than the man in the moon about it » : je n'en sais pas plus que

Smith, hein ? Le Général de Brigade John A—B—C. ? Mais » — (ici M. S. jugea opportun de mettre son doigt sur le côté de son nez) — « mais, vous n'essayez pas en ce moment d'insinuer, réellement, vraiment et consciemment, que vous ne connaissez pas tout sur cette affaire Smith aussi bien que moi, hein ? Smith ? John A—B—C. ? Enfin, mon Dieu, c'est l'ho-ô-omme — »

« M. Sinivate », dis-je, d'un ton implorant, « *est*-ce lui l'homme au masque de fer ? »

« Noôon ! » dit-il, d'un air entendu, « ni l'homme dans la lu-û-une ».

Je considérai cette réponse comme une insulte mordante et manifeste et quittai aussitôt la maison fort en colère, avec la ferme résolution de demander à mon ami, M. Sinivate, réparation rapide pour sa conduite et sa grossièreté indignes d'un gentilhomme.

En attendant, je n'avais néanmoins aucune intention de me laisser priver de l'information que je désirais. Il ne me restait qu'un seul moyen. J'irais à la source. J'irais sur-le-champ chez le Général lui-même, lui demander, en termes explicites, une réponse à cet abominable mystère. Là au moins, il n'y aurait aucune équivoque possible. Je serais net, positif, péremptoire — aussi cassant qu'une croûte de pâté — aussi concis que Tacite ou Montesquieu.

l'homme dans la lune. Peut-être aussi une allusion à *The Man in the moon*, récit utopique de Francis Godwin (1638).

3. Écho du proverbe : « Promises and pie-crusts are made to be broken » (les promesses et les croûtes de pâté sont faites pour être brisées).

It was early when I called, and the General was dressing; but I pleaded urgent business, and was shown at once into his bedroom by an old negro valet, who remained in attendance during my visit. As I entered the chamber, I looked about, of course, for the occupant, but did not immediately perceive him. There was a large and exceedingly odd-looking bundle of some thing which lay close by my feet on the floor, and, as I was not in the best humor in the world, I gave it a kick out of the way.

"Hem! ahem! rather civil that, I should say!" said the bundle, in one of the smallest, and altogether the funniest little voices, between a squeak and a whistle, that I ever heard in all the days of my existence.

"Ahem! rather civil that, I should observe."

I fairly shouted with terror, and made off, at a tangent, into the farthest extremity of the room.

"God bless me! my dear fellow," here again whistled the bundle, "what – what – what – why, what *is* the matter? I really believe you don't know me at all."

What *could* I say to all this – what *could* I? I staggered into an arm-chair, and, with staring eyes and open mouth, awaited the solution of the wonder.

"Strange you shouldn't know me though, isn't it?" presently re-squeaked the nondescript, which I now perceived was performing, upon the floor, some inexplicable evolution,

Il était tôt quand j'arrivai, et le Général était en train de s'habiller ; mais j'alléguai une affaire urgente et je fus aussitôt introduit dans sa chambre à coucher par un vieux valet nègre qui resta à son service durant ma visite. Comme je pénétrai dans la chambre, je cherchai évidemment des yeux son occupant, mais je ne l'aperçus pas immédiatement. Il y avait un grand paquet de quelque chose d'aspect excessivement bizarre qui gisait à mes pieds sur le plancher, et, comme je n'étais pas de la meilleure humeur du monde, j'y donnai un coup de pied pour l'écarter de mon chemin.

« Hum ! hum ! plutôt poli cela, dirais-je ! » dit le paquet, d'une petite voix, une des plus ténues et en même temps des plus comiques que j'aie jamais entendues de toute mon existence, une voix entre le couic et le sifflement.

« Hum ! plutôt poli cela, ferais-je observer. »

Je poussai un vrai cri de terreur, et bondis aussitôt dans le coin le plus éloigné de la pièce.

« Mon Dieu ! mon cher ami », siffla encore le paquet, « que — que — que — eh bien, qu'*est*-ce qu'il y a ? Je crois bien que vous ne me reconnaissez pas du tout. »

Que *pouvais*-je répondre à tout cela — que *pouvais*-je ? Je tombai dans un fauteuil, et, les yeux écarquillés, bouche bée, j'attendis la suite du prodige.

« Étrange quand même que vous ne me reconnaissiez pas, n'est-ce pas ? » re-couina tout de suite l'indescriptible, que je vis alors en train d'accomplir, sur le plancher, quelque évolution inexplicable,

very analogous to the drawing on of a stocking. There was only a single leg, however, apparent.

"Strange you shouldn't know me, though, isn't it? Pompey, bring me that leg!" Here Pompey handed the bundle a very capital cork leg, already dressed, which it screwed on in a trice; and then it stood up before my eyes.

"And a bloody action it *was*," continued the thing, as if in a soliloquy; "but then one mustn't fight with the Bugaboos and Kickapoos, and think of coming off with a mere scratch. Pompey, I'll thank you now for that arm. Thomas" (turning to me) "is decidedly the best hand at a cork leg; but if you should ever want an arm, my dear fellow, you must really let me recommend you to Bishop." Here Pompey screwed on an arm.

"We had rather hot work of it, that you may say. Now, you dog, slip on my shoulders and bosom! Pettitt [1] makes the best shoulders, but for a bosom you will have to go to Ducrow."

"Bosom!" said I.

"Pompey, will you *never* be ready with that wig [2]? Scalping is a rough process after all; but then you can procure such a capital scratch at De L'Orme's."

"Scratch!"

1. Thomas, Bishop et Pettitt étaient de véritables artisans américains de l'époque qui fabriquaient des membres artificiels.

2. *Perruque :* wig. Sans doute aussi une allusion au parti whig.

très analogue à l'enfilage d'un bas. Il n'y avait cependant qu'une seule jambe apparente.

« Étrange quand même que vous ne me reconnaissiez pas, n'est-ce pas ? Pompée, apporte-moi cette jambe ! » À ce moment Pompée tendit au paquet une très excellente jambe de liège, déjà habillée, qu'il lui vissa en un clin d'œil ; et alors, le paquet se mit debout devant moi.

« Et quel assaut sanglant ce *fut* », continua la chose comme dans un soliloque ; « mais quoi, on ne peut pas combattre les Bugabous et les Kickapous, et penser s'en tirer avec une simple égratignure. Pompée, je te saurais gré de me passer maintenant ce bras. Thomas » (il se tourna vers moi) « est décidément le meilleur fabricant de jambes de liège ; mais si jamais vous vouliez un bras, mon cher ami, permettez-moi de vous recommander à Bishop. » À ce moment Pompée lui vissa un bras.

« Nous avons eu là une assez rude besogne, ça on peut le dire. Allons, espèce de chien, enfile-moi mes épaules et mon buste ! Pettitt fabrique les meilleures épaules, mais pour un buste il vous faut aller chez Ducrow. »

« Un buste ! » dis-je.

« Pompée seras-tu *jamais* prêt avec cette perruque ? Le scalp est après tout un procédé brutal ; mais vous pouvez vous procurer un postiche aussi excellent chez De L'Orme. »

« Un postiche ! »

"Now, you nigger, my teeth! For a *good* set of these you had better go to Parmly's at once; high prices, but excellent work. I swallowed some very capital articles, though, when the big Bugaboo rammed me down with the butt end of his rifle."

"Butt end! ram down!! my eye!!"

"Oh, yes, by the bye, my eye – here, Pompey, you scamp, screw it in! Those Kickapoos are not so very slow at a gouge; but he's a belied man, that Dr Williams, after all; you can't imagine how well I see with the eyes of his make."

I now began very clearly to perceive that the object before me was nothing more nor less than my new acquaintance, Brevet Brigadier-General John A. B. C. Smith. The manipulations of Pompey had made, I must confess, a very striking difference in the appearance of the personal man. The voice, however, still puzzled me no little; but even this apparent mystery was speedily cleared up.

"Pompey, you black rascal," squeaked the General, "I really do believe you would let me go out without my palate."

Hereupon the negro, grumbling out an apology, went up to his master, opened his mouth with the knowing air of a horse-jockey, and adjusted therein a somewhat singular-looking machine, in a very dextrous manner, that I could not altogether comprehend.

« Et maintenant, négro, mes dents ! Pour une *bonne* denture comme celle-là vous feriez mieux d'aller tout de suite chez Parmly ; prix élevés, mais excellent travail. J'ai avalé plusieurs de ces articles épatants, vraiment, quand le grand Bugabou m'a aplati avec la crosse de son fusil. »

« Crosse ! Aplati !! mon œil !! »

« Oh, oui, à propos, mon œil — ici, Pompée, espèce de vaurien, fixe-le ! Ces Kickapous ne sont pas mous de la gouge ; mais c'est un homme bien calomnié ce Dr Williams, après tout ; vous ne pouvez pas imaginer comme je vois bien avec les yeux de sa fabrication. »

Je commençai maintenant à percevoir très clairement que l'objet qui se trouvait devant moi n'était ni plus ni moins que ma nouvelle relation, le Général de Brigade Honoraire John A.B.C. Smith. Les manipulations de Pompée avaient créé, je dois le confesser, un changement, très frappant dans l'apparence de l'homme. La voix, cependant, me troublait encore beaucoup ; mais même cet apparent mystère fut rapidement clarifié.

« Pompée, coquin de nègre », couina le Général, « je crois vraiment que tu me laisserais sortir sans mon palais. »

Sur quoi le nègre, grommelant une excuse, s'approcha de son maître, lui ouvrit la bouche avec l'air entendu d'un jockey, et y ajusta, d'une manière très habile que je ne pus tout à fait comprendre, une machine d'aspect assez singulier.

The alteration, however, in the entire expression of the General's countenance was instantaneous and surprising. When he again spoke, his voice had resumed all that rich melody and strength which I had noticed upon our original introduction.

"D—n the vagabonds!" said he, in so clear a tone that I positively started at the change, "D—n the vagabonds! they not only knocked in the roof of my mouth, but took the trouble to cut off at least seven-eighths of my tongue. There isn't Bonfanti's equal, however, in America, for really good articles of this description. I can recommend you to him with confidence" (here the General bowed), "and assure you that I have the greatest pleasure in so doing."

I acknowledged his kindness in my best manner, and took leave of him at once, with a perfect understanding of the true state of affairs – with a full comprehension of the mystery which had troubled me so long. It was evident. It was a clear case. Brevet Brigadier-General John A. B. C. Smith was the man – was *the man that was used up*.

Et alors, la transformation de toute l'expression du visage du Général fut instantanée et surprenante. Lorsqu'il parla à nouveau, sa voix avait pleinement récupéré cette chaude mélodie et cette vigueur que j'avais remarquées lors de notre première rencontre.

« Maudits vagabonds ! » dit-il, d'un ton si clair que je sursautai bel et bien au changement. « Maudits vagabonds ! Ils ne m'ont pas seulement défoncé le palais, ils ont pris la peine de me couper au moins les sept huitièmes de la langue. Mais en Amérique, heureusement, Bonfanti n'a pas son égal pour de très bons articles de cette sorte. Je peux vous recommander à lui en toute confiance » (ici le Général s'inclina). « Et je vous assure que j'ai le plus grand plaisir à le faire. »

Je le remerciai pour sa bonté, de ma façon la plus polie, et pris aussitôt congé de lui, avec une parfaite intelligence de la vraie situation, une parfaite compréhension du mystère qui m'avait si longtemps troublé. C'était évident. C'était une chose fort claire. Le Général de Brigade Honoraire John A.B.C. Smith était l'homme — était *l'homme qui était usé, l'homme dont il ne restait rien.*

The spectacles
Les lunettes

Many years ago, it was the fashion to ridicule the idea of "love at first sight"; but those who think, not less than those who feel deeply, have always advocated its existence. Modern discoveries, indeed, in what may be termed ethical magnetism or magneto-æsthetics, render it probable that the most natural, and, consequently, the truest and most intense of the human affections are those which arise in the heart as if by electric sympathy—in a word, that the brightest and most enduring of the psychal fetters are those which are riveted by a glance. The confession I am about to make will add another to the already almost innumerable instances of the truth of the position.

My story requires that I should be somewhat minute. I am still a very young man—not yet twenty-two years of age. My name, at present, is a very usual and rather plebeian one—Simpson.

Il y a bien des années, il était à la mode de ridiculiser le « coup de foudre » ; mais les penseurs non moins que les sensibles ont toujours plaidé en faveur de son existence. En fait, les découvertes modernes dans le domaine de ce qu'on peut appeler le magnétisme éthique ou la magnéto-esthétique rendent vraisemblable que les affections humaines les plus naturelles, et par conséquent les plus vraies et les plus intenses, sont celles qui surgissent dans le cœur comme par sympathie électrique — en un mot, que les liens psychiques les plus éclatants et les plus durables sont ceux que soude un seul regard. La confession que je m'apprête à faire apportera un cas supplémentaire aux preuves déjà presque innombrables de la véracité de cette assertion.

Mon histoire exige que je sois quelque peu minutieux. Je suis encore un très jeune homme — j'ai à peine vingt-deux ans. Mon nom, actuellement, est un nom très courant et plutôt plébéien : Simpson.

I say "at present;" for it is only lately that I have been so called—having legislatively adopted this surname within the last year, in order to receive a large inheritance left me by a distant male relative, Adolphus Simpson, Esq. The bequest was conditioned upon my taking the name of the testator—the family, not the Christian name [1]; my Christian name is Napoleon Bonaparte—or, more properly, these are my first and middle appellations.

I assumed the name, Simpson, with some reluctance, as in my true patronym, Froissart, I felt a very pardonable pride—believing that I could trace a descent from the immortal author of the *Chronicles*. While on the subject of names, by the by, I may mention a singular coincidence of sound attending the names of some of my immediate predecessors. My father was a Monsieur Froissart, of Paris. His wife—my mother, whom he married at fifteen—was a Mademoiselle Croissart, eldest daughter of Croissart the banker; whose wife, again, being only sixteen when married, was the eldest daughter of one Victor Voissart. Monsieur Voissart, very singularly, had married a lady of similar name—a Mademoiselle Moissart. She, too, was quite a child when married; and her mother, also, Madame Moissart, was only fourteen when led to the altar.

1. Cette pratique n'était pas rare en Amérique. D'ailleurs Poe lui-même portait comme second prénom le nom de son père adoptif. Quant à Napoléon Bonaparte, c'est évidemment comique mais, à l'époque, ces prénoms étaient répandus.

Je dis « actuellement » car je ne me nomme ainsi que depuis peu — depuis que j'ai, l'an dernier, adopté légalement ce nom de famille afin de toucher un important héritage qui m'avait été laissé par un parent éloigné, M. Adolphe Simpson. Le legs était subordonné à l'adoption du nom du testateur — le nom de famille, pas le prénom ; mon prénom est Napoléon Bonaparte — ou plus exactement ce sont mes première et seconde dénominations.

J'eus quelque hésitation à prendre le nom de Simpson, car je tirais de mon véritable patronyme, Froissart, une fierté très légitime — croyant pouvoir le faire descendre de l'immortel auteur des *Chroniques*. À propos, puisque j'aborde le sujet des noms, je puis mentionner une curieuse coïncidence de son dans le nom de quelques-uns de mes ancêtres immédiats. Mon père était un M. Froissart de Paris. Sa femme — ma mère, qu'il épousa à quinze ans — était une demoiselle Croissart, la fille aînée du banquier Croissart ; dont la femme qui, à nouveau, n'avait que seize ans lorsqu'elle se maria, était la fille aînée d'un certain Victor Voissart. M. Voissart, très curieusement, avait épousé une dame d'un nom similaire — une demoiselle Moissart. Elle était elle-même encore presque une enfant quand elle s'était mariée ; et sa mère aussi, Mme Moissart, n'avait que quatorze ans quand elle avait été conduite à l'autel.

These early marriages are usual in France. Here, however, are Moissart, Voissart, Croissart, and Froissart, all in the direct line of descent. My own name, though, as I say, became Simpson, by act of Legislature and with so much repugnance on my part, that, at one period, I actually hesitated about accepting the legacy with the useless and annoying *proviso* attached.

As to personal endowments, I am by no means deficient. On the contrary, I believe that I am well made, and possess what nine-tenths of the world would call a handsome face. In height I am five feet eleven [1]. My hair is black and curling. My nose is sufficiently good. My eyes are large and gray; and although, in fact, they are weak to a very inconvenient degree, still no defect in this regard would be suspected from their appearance. The weakness itself, however, has always much annoyed me, and I have resorted to every remedy—short of wearing glasses. Being youthful and good-looking, I naturally dislike these, and have absolutely refused to employ them. I know nothing, indeed, which so disfigures the countenance of a young person, or so impresses every feature with an air of demureness, if not altogether of sanctimoniousness and of age. An eye-glass, on the other hand, has a savour of downright foppery and affectation.

1. *Cinq pieds onze pouces :* 1,80 m.

Les mariages précoces sont courants en France. Mais, on a là Moissart, Voissart, Croissart et Froissart, tous en ligne directe. Mon propre nom, pourtant, comme je l'ai dit, devint Simpson, par acte légal, et avec tant de résistance de ma part qu'à une certaine époque j'hésitai vraiment à accepter le legs du fait de la clause inutile et ennuyeuse qui y était attachée.

Pour ce qu'il en est des avantages personnels, je n'en suis en aucune façon dépourvu. Au contraire, je pense que je suis bien fait et que je possède ce que les neuf dixièmes des gens appellent un beau visage. Je mesure cinq pieds onze pouces. Mes cheveux sont noirs et frisés. Mon nez est assez régulier. Mes yeux sont grands et gris ; et bien qu'en fait ils soient d'une faiblesse fort gênante, on ne peut pourtant en les voyant leur soupçonner aucun défaut de cet ordre. Cette faiblesse elle-même m'a cependant toujours beaucoup ennuyé et j'ai essayé tous les remèdes — sauf le port de lunettes. Étant jeune et beau, évidemment je les déteste, et j'ai absolument refusé d'en porter. Je ne connais vraiment rien qui défigure autant le visage d'une personne jeune, ou qui marque autant chaque trait d'un air de gravité, voire de cagoterie ou de grand âge. D'un autre côté, le monocle a nettement un air de fatuité et d'affectation.

I have hitherto managed as well as I could without either. But something too much of these merely personal details, which, after all, are of little importance. I will content myself with saying, in addition, that my temperament is sanguine, rash, ardent, enthusiastic—and that all my life I have been a devoted admirer of the women.

One night last winter I entered a box at the P——Theatre, in company with a friend, Mr. Talbot. It was an opera night, and the bills presented a very rare attraction, so that the house was excessively crowded. We were in time, however, to obtain the front seats which had been reserved for us, and into which, with some little difficulty, we elbowed our way.

For two hours my companion, who was a musical *fanatico*, gave his undivided attention to the stage; and, in the meantime, I amused myself by observing the audience, which consisted, in chief part, of the very *élite* of the city. Having satisfied myself upon this point, I was about turning my eyes to the *prima donna*, when they were arrested and riveted by a figure in one of the private boxes which had escaped my observation.

If I live a thousand years I can never forget the intense emotion with which I regarded this figure. It was that of a female, the most exquisite I had ever beheld. The face was so far turned toward the stage that, for some minutes, I could not obtain a view of it,—but the form was *divine;*

Je me suis donc arrangé jusqu'à présent autant que j'ai pu pour me passer des unes et de l'autre. Mais assez de ces détails purement personnels, qui, après tout, n'ont que peu d'importance. Je me contenterai d'ajouter que je suis d'un tempérament sanguin, impétueux, ardent, enthousiaste — et que, toute ma vie, j'ai été un admirateur fervent des femmes.

Un soir, l'hiver dernier, je pénétrai dans une loge du théâtre P— en compagnie d'un ami, M. Talbot. C'était une soirée d'opéra et le programme proposait une attraction si exceptionnelle que la salle était tout à fait comble. Nous arrivâmes à temps, cependant, pour obtenir les fauteuils de devant qui nous avaient été réservés, et vers lesquels, avec quelques petites difficultés, nous nous frayâmes un chemin en jouant des coudes.

Pendant deux heures, mon compagnon, qui était un *fanatico* de musique, consacra toute son attention à la scène ; et pendant ce temps, je m'amusai à observer le public, composé pour sa plus grande partie de l'*élite* même de la ville. Me sentant satisfait sur ce point, j'allais tourner mon regard vers la *prima donna,* lorsqu'il fut arrêté, et même capté, par une silhouette présente dans l'une des loges privées qui avait échappé à mon observation.

Vivrais-je mille ans que je ne pourrais jamais oublier l'émotion intense avec laquelle je découvris cette silhouette. C'était celle d'une femme, la plus exquise que j'aie jamais vue. Le visage était tourné vers la scène de façon telle que, pendant quelques minutes, je ne pus le voir — mais la forme était *divine ;*

no other word can sufficiently express its magnificent proportion — and even the term "divine" seems ridiculously feeble as I write it.

The magic of a lovely form in woman—the necromancy of female gracefulness—was always a power which I had found it impossible to resist; but here was grace personified, incarnate, the *beau idéal* of my wildest and most enthusiastic visions. The figure, almost all of which the construction of the box permitted to be seen, was somewhat above the medium height, and nearly approached, without positively reaching, the majestic. Its perfect fulness and *tournure* were delicious. The head, of which only the back was visible, rivalled in outline that of the Greek Psyche, and was rather displayed than concealed by an elegant cap of *gaze aérienne*, which put me in mind of the *ventum textilem* [1] of Apuleius. The right arm hung over the balustrade of the box, and thrilled every nerve of my frame with its exquisite symmetry. Its upper portion was draperied by one of the loose open sleeves now in fashion. This extended but little below the elbow. Beneath it was worn an under one of some frail material, close-fitting, and terminated by a cuff of rich lace, which fell gracefully over the top of the hand revealing only the delicate fingers, upon one of which sparkled a diamond ring, which I at once saw was of extraordinary value.

1. *Ventum textilem :* « vent tissé ». Mais l'expression n'est pas d'Apulée : elle est de Pétrone.

nul autre mot ne peut suffire à exprimer ses magnifiques proportions — et même le mot « divine » semble ridiculement faible quand je l'écris.

La magie d'une belle forme chez la femme — la sorcellerie de la grâce féminine — a toujours eu un pouvoir auquel il m'était impossible de résister ; mais là se trouvait la grâce personnifiée, incarnée, le *beau idéal* de mes visions les plus folles et les plus enthousiastes. La silhouette, que la disposition de la loge permettait de voir presque entièrement, était d'une taille un peu au-dessus de la moyenne, et approchait presque, mais pas tout à fait, du majestueux. Sa parfaite plénitude et sa *tournure* étaient délicieuses. La tête, dont la nuque seule était visible, rivalisait par son contour avec celle de la Psyché grecque, et elle était plutôt mise en valeur que cachée par une élégante coiffe de *gaze aérienne* qui me fit penser au *ventum textilem* d'Apulée. Le bras droit était posé sur la balustrade de la loge, et son exquise proportion faisait tressaillir chaque nerf de mon corps. La partie supérieure était drapée dans une de ces manches amples et ouvertes à la mode actuellement. Elle descendait à peine plus bas que le coude. En dessous était portée une autre manche de quelque tissu léger, moulant, et terminé par une manchette de dentelle précieuse, qui retombait gracieusement sur le haut de la main, ne montrant que les doigts délicats, à l'un desquels brillait un anneau de diamant qui, je le vis aussitôt, était d'une valeur extraordinaire.

The admirable roundness of the wrist was well set off by a bracelet which encircled it, and which also was ornamented and clasped by a magnificent *aigrette* of jewels,—telling, in words that could not be mistaken, at once of the wealth and fastidious taste of the wearer.

I gazed at this queenly apparition for at least half an hour, as if I had been suddenly converted to stone; and, during this period, I felt the full force and truth of all that has been said or sung concerning "love at first sight[1]." My feelings were totally different from any which I had hitherto experienced, in the presence of even the most celebrated specimens of female loveliness. An unaccountable, and what I am compelled to consider a *magnetic*, sympathy of soul for soul, seemed to rivet, not only my vision, but my whole powers of thought and feeling, upon the admirable object before me. I saw—I felt—I knew that I was deeply, madly, irrevocably in love—and this even before seeing the face of the person beloved. So intense, indeed, was the passion that consumed me, that I really believed it would have received little if any abatement had the features, yet unseen, proved of merely ordinary character;

1. *Coup de foudre :* l'expression anglaise — « love at first sight » (littéralement « l'amour au premier regard ») — est plus appropriée à l'histoire où tout repose sur ce que *voient* les yeux du narrateur.

L'admirable rondeur du poignet était fort bien soulignée par un bracelet qui l'encerclait et qui lui aussi était orné et agrafé par une magnifique *aigrette* de pierreries — révélant, sans qu'aucun doute ne soit permis, à la fois la richesse et le goût délicat de celle qui le portait.

Je contemplai cette apparition royale pendant au moins une demi-heure, comme si j'avais soudain été changé en pierre ; et pendant ce temps, je ressentis toute la force, toute la vérité de tout ce qui a été dit ou chanté sur le « coup de foudre ». Mes sentiments étaient totalement différents de tous ceux que j'avais jusqu'alors éprouvés, même en présence des plus célèbres modèles de beauté féminine. Une sympathie d'âme à âme, inexplicable et que je suis bien obligé de croire *magnétique*, semblait river non seulement mon regard, mais toutes mes capacités de pensée et de sentiment sur l'admirable objet que j'avais devant moi. Je voyais — je sentais — je savais que j'étais profondément, follement, irrévocablement amoureux — et ceci même avant d'avoir vu le visage de la personne aimée. Si intense, en vérité, était la passion qui me consumait, que je croyais vraiment qu'elle n'en aurait été que fort peu diminuée si les traits encore inconnus s'étaient révélés d'un caractère plutôt ordinaire ;

so anomalous is the nature of the only true love—of the love at first sight—and so little really dependent is it upon the external conditions which only seem to create and control it.

While I was thus wrapped in admiration of this lovely vision, a sudden disturbance among the audience caused her to turn her head partially toward me, so that I beheld the entire profile of the face. Its beauty even exceeded my anticipations—and yet there was something about it which disappointed me without my being able to tell exactly what it was. I said "disappointed," but this is not altogether the word. My sentiments were at once quieted and exalted. They partook less of transport and more of calm enthusiasm—of enthusiastic repose. This state of feeling arose, perhaps, from the Madonna-like and matronly air of the face; and yet I at once understood that it could not have arisen entirely from this. There was something else—some mystery which I could not develop—some expression about the countenance which slightly disturbed me while it greatly heightened my interest. In fact, I was just in that condition of mind which prepares a young and susceptible man for any act of extravagance. Had the lady been alone, I should undoubtedly have entered her box and accosted her at all hazards; but, fortunately, she was attended by two companions—a gentleman, and a strikingly beautiful woman, to all appearance a few years younger than herself.

tant est anormale la nature du seul véritable amour — du coup de foudre — et tant elle dépend peu des conditions extérieures qui semblent seulement le créer et le contrôler.

Tandis que j'étais ainsi plongé dans l'admiration de cette adorable vision, un désordre soudain dans l'assistance lui fit tourner la tête en partie vers moi, de telle sorte que je découvris totalement son profil. Sa beauté dépassa même mon attente — et cependant il y avait en lui quelque chose qui me déçut sans que je fusse capable de dire exactement ce que c'était. J'ai dit « déçut », mais ce n'est pas tout à fait le mot. Mes sentiments furent à la fois calmés et exaltés. Ils participaient moins du transport et bien plus du calme enthousiasme — de la quiétude enthousiaste. Cet état de mes sentiments naquit, peut-être, de l'air de madone, ou de l'air maternel du visage ; et pourtant je compris aussitôt qu'il n'avait pu naître entièrement de cela. Il y avait quelque chose d'autre — quelque mystère que je ne pouvais élucider — quelque expression dans le visage qui me perturbait légèrement tout en amplifiant grandement mon intérêt. En fait, j'étais précisément dans cet état d'esprit qui prépare un jeune homme sensible à toutes les extravagances. Si la dame avait été seule, j'aurais sans aucun doute pénétré dans sa loge et pris le risque de l'aborder ; mais, heureusement, elle était accompagnée de deux personnes — un monsieur, et une dame d'une beauté frappante, selon toutes les apparences de quelques années plus jeune qu'elle.

I revolved in my mind a thousand schemes by which I might obtain, hereafter, an introduction to the elder lady, or, for the present, at all events, a more distinct view of her beauty. I would have removed my position to one nearer her own, but the crowded state of the theatre rendered this impossible; and the stern decrees of Fashion had, of late, imperatively prohibited the use of the opera-glass, in a case such as this, even had I been so fortunate as to have one with me—but I had not—and was thus in despair.

At lenght I bethought me of applying to my companion.

"Talbot," I said, "*you* have an opera-glass. Let me have it."

"An opera-glass!—no!—what do you suppose *I* would be doing with an opera-glass?" Here he turned impatiently toward the stage.

"But, Talbot," I continued, pulling him by the shoulder, "listen to me, will you? Do you see the stage-box?—there!—no, the next.—Did you ever behold as lovely a woman?"

"She is very beautiful, no doubt," he said.

"I wonder who she can be?"

"Why, in the name of all that is angelic, don't you *know* who she is?

Je remuai dans ma tête mille plans pour parvenir, par la suite, à être présenté à l'aînée des deux dames, ou, pour le moment, à avoir en tout cas une vue plus nette de sa beauté. J'aurais voulu trouver une place plus proche de la sienne, mais la cohue du théâtre rendait cela impossible ; et les sévères décrets de la Mode avaient depuis peu impérativement banni l'usage des jumelles, dans une telle circonstance, même si j'avais eu assez de chance pour en avoir sur moi, mais je n'en avais pas — et je me trouvais ainsi au désespoir.

Je pensai enfin à m'adresser à mon compagnon.

« Talbot, dis-je, *vous* avez des jumelles. Prêtez-les-moi. »

« Des jumelles ! — non ! — que croyez-vous donc que *je* ferais avec des jumelles ? » Et il se détourna vers la scène avec impatience.

« Mais, Talbot », continuai-je, en le tirant par l'épaule, « écoutez-moi, voulez-vous ? Voyez-vous la loge ? — là ! — non, celle d'après. — Avez-vous jamais vu une femme aussi jolie ? »

« Elle est très belle, sans aucun doute », dit-il.

« Je me demande qui elle peut être ! »

« Mais, au nom de tout ce qui est angélique, ne *savez*-vous pas qui elle est ? —

'Not to know her argues yourself unknown[1].' She is the celebrated Madame Lalande[2]—the beauty of the day *par excellence,* and the talk of the whole town. Immensely wealthy too—a widow—and a great match—has just arrived from Paris."

"Do you know her?"

"Yes—I have the honour."

"Will you introduce me?"

"Assuredly—with the greatest pleasure; when shall it be?"

"To-morrow, at one, I will call upon you at B——'s."

"Very good; and now *do* hold your tongue, *if* you can."

In this latter respect I was forced to take Talbot's advice; for he remained obstinately deaf to every further question or suggestion, and occupied himself exclusively for the rest of the evening with what was transacting upon the stage.

In the meantime I kept my eyes riveted on Madame Lalande, and at length had the good fortune to obtain a full front view of her face. It was exquisitely lovely: this, of course, my heart had told me before, even had not Talbot fully satisfied me upon the point—

1. *Ne pas la connaître... :* c'est, légèrement détournée, une phrase de Milton (*Paradise lost,* IV, 830, « not to know me argues yourself unknown »).

2. *Lalande :* le nom a sans doute été emprunté à une cantatrice célèbre de l'époque, Henriette Clémentine Lalande (1797-1867).

“ Ne pas la connaître prouve que vous êtes vous-même inconnu. ” C'est la célèbre Mme Lalande — la beauté du jour *par excellence*, et le sujet de conversation de toute la ville. Immensément riche aussi — veuve — et un parti formidable — vient juste d'arriver de Paris. »

« Vous la connaissez ? »

« Oui — j'ai cet honneur. »

« Voulez-vous me présenter ? »

« Assurément — avec le plus grand plaisir ; quand donc ? »

« Demain, à une heure, je viendrai vous prendre chez B—. »

« Très bien ; et maintenant tenez votre langue, si vous le pouvez. »

Sur ce point, je fus forcé de suivre le conseil de Talbot ; car il resta obstinément sourd à toute autre question ou suggestion et se consacra exclusivement pendant tout le reste de la soirée à ce qui se passait sur la scène.

Pendant ce temps, je gardais les yeux fixés sur Mme Lalande, et j'eus à la longue la chance de voir son visage de face. Elle était d'une beauté exquise : ceci, bien sûr, mon cœur me l'avait déjà dit, même si Talbot ne m'avait pas pleinement satisfait sur ce point —

but still the unintelligible something disturbed me. I finally concluded that my senses were impressed by a certain air of gravity, sadness, or, still more properly, of weariness, which took something from the youth and freshness of the countenance, only to endow it with a seraphic tenderness and majesty, and thus, of course, to my enthusiastic and romantic temperament, with an interest tenfold.

While I thus feasted my eyes, I perceived, at last, to my great trepidation, by an almost imperceptible start on the part of the lady, that she had become suddenly aware of the intensity of my gaze. Still, I was absolutely fascinated, and could not withdraw it, even for an instant. She turned aside her face, and again I saw only the chiselled contour of the back portion of the head. After some minutes, as if urged by curiosity to see if I was still looking, she gradually brought her face again around and again encountered my burning gaze. Her large dark eyes fell instantly, and a deep blush mantled her cheek. But what was my astonishment at perceiving that she not only did not a second time avert her head, but that she actually took from her girdle a double eye-glass—elevated it—adjusted it—and then regarded me through it, intently and deliberately, for the space of several minutes.

Had a thunderbolt fallen at my feet I could not have been more thoroughly astounded—astounded *only*—not offended or disgusted in the slightest degree;

et pourtant l'incompréhensible petit quelque chose me troublait encore. Je finis par conclure que mes sens étaient impressionnés par un certain air de gravité, de tristesse, ou, encore plus précisément, de lassitude, qui n'ôtait quelque chose à la jeunesse et à la fraîcheur du visage que pour lui ajouter une tendresse et une majesté séraphiques, et ainsi, bien sûr, du fait de mon tempérament enthousiaste et romantique, un intérêt décuplé.

Tandis que je régalais ainsi mes yeux, je perçus enfin, à mon grand émoi, à un mouvement presque imperceptible de la dame, qu'elle venait soudain de se rendre compte de l'intensité de mon regard. Pourtant, j'étais absolument fasciné et je ne pus m'en détacher, même un instant. Elle tourna la tête et à nouveau je ne vis plus que le contour délicat de sa nuque. Après quelques minutes, comme poussée par la curiosité de voir si je regardais encore, elle fit progressivement pivoter sa tête et à nouveau rencontra mon regard brûlant. Ses grands yeux sombres se baissèrent aussitôt, et une vive rougeur envahit ses joues. Mais quel ne fut pas mon étonnement de découvrir que non seulement elle ne se détournait pas pour la seconde fois, mais qu'elle tirait même de sa ceinture un face-à-main — qu'elle le levait — qu'elle l'ajustait — et qu'elle me fixait, attentivement et délibérément, l'espace de plusieurs minutes.

Si la foudre était tombée à mes pieds, je n'aurais pu être plus profondément étonné — étonné *seulement* — pas le moins du monde choqué ni dégoûté;

although an action so bold in any other woman would have been likely to offend or disgust. But the whole thing was done with so much quietude—so much *nonchalance*—so much repose—with so evident an air of the highest breeding, in short—that nothing of mere effrontery was perceptible, and my sole sentiments were those of admiration and surprise.

I observed that, upon her first elevation of the glass, she had seemed satisfied with a momentary inspection of my person, and was withdrawing the instrument, when, as if struck by a second thought, she resumed it, and so continued to regard me with fixed attention for the space of several minutes—for five minutes, at the very least, I am sure.

This action, so remarkable in an American theatre, attracted very general observation, and gave rise to an indefinite movement, or *buzz*, among the audience, which, for a moment, filled me with confusion, but produced no visible effect upon the countenance of Madame Lalande.

Having satisfied her curiosity—if such it was—she dropped the glass, and quietly gave her attention again to the stage; her profile now being turned toward myself, as before. I continued to watch her unremittingly, although I was fully conscious of my rudeness in so doing. Presently I saw the head slowly and slightly change its position; and soon I became convinced that the lady, while pretending to look at the stage was, in fact, attentively regarding myself.

bien qu'un acte aussi osé chez toute autre femme eût probablement choqué ou dégoûté. Mais tout cela fut fait avec tant de tranquillité — tant de *nonchalance* — tant de sérénité — bref, avec un air si évident de la plus haute éducation — qu'on n'en ressentait pas la moindre effronterie, et que mes seuls sentiments furent d'admiration et de surprise.

Je remarquai que, lorsqu'elle leva pour la première fois son face-à-main, elle sembla se contenter d'un examen rapide de ma personne, et elle éloignait l'instrument lorsque, comme si elle était frappée par une autre idée, elle le reprit, et continua ainsi à me regarder avec une attention soutenue durant plusieurs minutes — durant cinq minutes au moins, j'en suis sûr.

Ce geste, si remarquable dans un théâtre américain, attira l'attention générale et déclencha parmi l'assistance un mouvement indéfini, un *murmure*, qui pendant un instant m'emplit de confusion, mais ne produisit pas d'effet visible sur le visage de Mme Lalande.

Ayant satisfait sa curiosité — si c'était cela — elle lâcha son face-à-main, et reporta tranquillement son attention vers la scène ; elle me montrait maintenant son profil comme auparavant. Je continuai à la regarder avec insistance, quoique je fusse pleinement conscient de ma grossièreté en faisant cela. Je vis bientôt sa tête changer lentement et légèrement de position ; et je fus vite convaincu que la dame, tout en faisant semblant de regarder la scène, était en train de me regarder moi-même attentivement.

It is needless to say what effect this conduct, on the part of so fascinating a woman, had upon my excitable mind.

Having thus scrutinised me for perhaps a quarter of an hour, the fair object of my passion addressed the gentleman who attended her, and, while she spoke, I saw distinctly, by the glances of both, that the conversation had reference to myself.

Upon its conclusion, Madame Lalande again turned toward the stage, and, for a few minutes, seemed absorbed in the performances. At the expiration of this period, however, I was thrown into an extremity of agitation by seeing her unfold, for the second time, the eye-glass which hung at her side, fully confront me as before, and, disregarding the renewed buzz of the audience, survey me, from head to foot, with the same miraculous composure which had previously so delighted and confounded my soul.

This extraordinary behaviour, by throwing me into a perfect fever of excitement—into an absolute delirium of love—served rather to embolden than to disconcert me. In the mad intensity of my devotion, I forgot everything but the presence and the majestic loveliness of the vision which confronted my gaze. Watching my opportunity, when I thought the audience were fully engaged with the opera, I at lenght caught the eyes of Madame Lalande, and, upon the instant, made a slight but unmistakable bow.

Il est inutile de dire quel effet cette conduite, de la part d'une femme aussi fascinante, eut sur mon esprit émotif.

M'ayant ainsi examiné pendant peut-être un quart d'heure, le bel objet de ma passion s'adressa au monsieur qui l'accompagnait, et pendant qu'elle lui parlait, je vis distinctement, aux regards de l'un et de l'autre, que la conversation se rapportait à moi.

Ayant terminé, Mme Lalande se tourna de nouveau vers la scène, et, pendant quelques minutes, sembla s'absorber dans le spectacle. À la fin de ce délai, cependant, je fus plongé dans une agitation extrême en la voyant déplier, pour la seconde fois, le face-à-main qui pendait à son côté, me faire face complètement comme auparavant, et, sans souci du murmure renouvelé de l'assistance, me scruter, de la tête aux pieds, avec le même sang-froid miraculeux qui avait déjà tant ravi et confondu mon âme.

Ce comportement extraordinaire, en me jetant dans une totale excitation fébrile — dans un absolu délire d'amour — contribua plutôt à m'enhardir qu'à me déconcerter. Dans la folle ardeur de ma dévotion, j'oubliai tout sauf la présence et la majestueuse beauté de la vision qui s'offrait à mes regards. Saisissant ma chance, alors que je pensais que l'assistance était complètement prise par l'opéra, je finis par rencontrer le regard de Mme Lalande, et, au même moment, je lui fis un léger mais indiscutable salut.

She blushed very deeply—then averted her eyes —then slowly and cautiously looked around, apparently to see if my rash action had been noticed—then leaned over toward the gentleman who sat by her side.

I now felt a burning sense of the impropriety I had committed, and expected nothing less than instant exposure; while a vision of pistols upon the morrow floated rapidly and uncomfortably through my brain. I was greatly and immediately relieved, however, when I saw the lady merely hand the gentleman a play-bill, without speaking; but the reader may form some feeble conception of my astonishment—of my *profound* amazement—my delirious bewilderment of heart and soul—when, instantly afterward, having again glanced furtively around, she allowed her bright eyes to set fully and steadily upon my own, and then, with a faint smile, disclosing a bright line of her pearly teeth, made two distinct, pointed, and unequivocal affirmative inclinations of the head.

It is useless, of course, to dwell upon my joy—upon my transport—upon my illimitable ecstasy of heart. If ever man was mad with excess of happiness, it was myself at that moment. I loved. This was my *first* love—so I felt it to be. It was love supreme—indescribable. It was "love at first sight;" and at first sight, too, it had been appreciated and *returned*.

Elle rougit très violemment — puis détourna les yeux — puis lentement et précautionneusement elle regarda autour d'elle, apparemment pour voir si on avait remarqué mon geste téméraire — puis se pencha vers le monsieur qui était assis à côté d'elle.

J'eus alors le sentiment cuisant de l'impolitesse que j'avais commise, et je n'attendis rien de moins qu'un immédiat scandale ; et à ce moment l'image de pistolets pour le lendemain passa rapidement et désagréablement dans mon cerveau. Je fus cependant très vivement soulagé lorsque je vis la dame seulement tendre au monsieur un programme, sans rien dire ; mais le lecteur ne pourra se former qu'une faible idée de mon étonnement — de ma *profonde* stupéfaction — de la délirante confusion de mon cœur et de mon âme — quand, immédiatement après, ayant à nouveau regardé furtivement autour d'elle, elle laissa ses yeux brillants se poser pleinement et fermement sur les miens, et puis, avec un léger sourire qui découvrit une brillante rangée de ses dents de perle, elle fit de la tête deux signes affirmatifs, distincts, marqués et sans équivoque.

Il est inutile, bien sûr, de m'étendre sur ma joie — sur mon transport — sur l'extase illimitée de mon cœur. Si jamais homme devint fou par excès de bonheur, ce fut bien moi à cet instant. J'aimais. C'était mon *premier* amour — c'est ainsi que je le sentais. C'était l'amour suprême — indescriptible. C'était le « coup de foudre » ; et de même sur un coup de foudre, il avait été accepté et *rendu.*

Yes, returned. How and why should I doubt it for an instant. What other construction could I possibly put upon such conduct, on the part of a lady so beautiful—so wealthy—evidently so accomplished—of so high breeding—of so lofty a position in society—in every regard so entirely respectable as I felt assured was Madame Lalande? Yes, she loved me—she returned the enthusiasm of my love, with an enthusiasm as blind—as uncompromising—as uncalculating—as abandoned—and as utterly unbounded as my own! These delicious fancies and reflections, however, were now interrupted by the falling of the drop-curtain. The audience arose; and the usual tumult immediately supervened. Quitting Talbot abruptly, I made every effort to force my way into closer proximity with Madame Lalande. Having failed in this, on account of the crowd, I at length gave up the chase, and bent my steps homeward; consoling myself for my disappointment in not having been able to touch even the hem of her robe, by the reflection that I should be introduced by Talbot, in due form, upon the morrow.

This morrow at last came; that is to say, a day finally dawned upon a long and weary night of impatience; and then the hours until "one" were snail-paced, dreary, and innumerable. But even Stamboul, it is said, shall have an end, and there came an end to this long delay. The clock struck.

Oui, rendu. Comment et pourquoi en aurais-je douté un seul instant? Quelle autre interprétation aurais-je pu donner à une telle conduite de la part d'une dame si belle — si riche — de toute évidence aussi accomplie — d'aussi grande éducation — d'une position aussi élevée dans la société — à tous égards aussi totalement respectable, comme je devinais qu'était Mme Lalande? Oui, elle m'aimait — elle me renvoyait l'exaltation de mon amour, avec une exaltation aussi aveugle — aussi intransigeante — aussi désintéressée — aussi abandonnée — et aussi complètement illimitée que la mienne! Cependant ces rêves délicieux et ces réflexions furent à ce moment-là interrompus par la chute du rideau. Les spectateurs se levèrent; et le tumulte habituel survint immédiatement. Quittant brusquement Talbot, je fis tous mes efforts pour me frayer un chemin qui m'aurait rapproché de Mme Lalande. N'ayant pu le faire à cause de la foule, je finis par abandonner la poursuite et par prendre le chemin de mon domicile; me consolant de la déception de n'avoir pas été capable d'effleurer même l'ourlet de sa robe, par la réflexion que je serais présenté par Talbot, selon les formes, dès le lendemain.

Ce lendemain vint enfin; c'est-à-dire que le jour finit par poindre après une longue et fatigante nuit d'impatience; et puis les heures, jusqu'à « une » heure, se traînèrent comme des escargots, mornes et innombrables. Mais même Stamboul, dit-on, aura une fin, et le terme de ce long délai arriva. L'horloge sonna.

As the last echo ceased, I stepped into B——'s and inquired for Talbot.

"Out!" said the footman—Talbot's own.

"Out!" I replied, staggering back half a dozen paces—"let me tell you, my fine fellow, that this thing is thoroughly impossible and impracticable; Mr. Talbot is *not* out. What do you mean?"

"Nothing, sir; only Mr. Talbot is not in. That's all. He rode over to S——, immediately after breakfast, and left word that he would not be in town again for a week."

I stood petrified with horror and rage. I endeavoured to reply, but my tongue refused its office. At length I turned on my heel, livid with wrath, and inwardly consigning the whole tribe of the Talbots to the innermost regions of Erebus. It was evident that my considerate friend, *il fanatico*, had quite forgotten his appointment with myself—had forgotten it as soon as it was made. At no time was he a very scrupulous man of his word. There was no help for it; so smothering my vexation as well as I could, I strolled moodily up the street, propounding futile inquiries about Madame Lalande to every male acquaintance I met. By report she was known, I found, to all—to many by sight—but she had been in town only a few weeks, and there were very few, therefore, who claimed her personal acquaintance.

Comme s'éteignait son dernier écho, j'entrai chez B— et demandai Talbot.

« Sorti ! » dit le valet de pied — le propre valet de Talbot.

« Sorti ! » répliquai-je, et je reculai d'une douzaine de pas en chancelant — « permettez-moi de vous dire, mon beau monsieur, que cette chose est absolument impossible et infaisable ; M. Talbot n'est *pas* sorti. Que voulez-vous dire ? »

« Rien, monsieur ; seulement que M. Talbot n'est pas là. C'est tout. Il est parti à cheval pour S—, immédiatement après le petit déjeuner et m'a chargé de dire qu'il ne serait pas de retour en ville avant une semaine. »

Je restai pétrifié d'horreur et de rage. J'essayai de répondre mais ma langue refusa de fonctionner. À la fin, je tournai les talons, livide de colère, et vouant en moi-même toute la tribu des Talbot aux plus profondes régions de l'Érèbe. Il était évident que mon ami attentionné, *il fanatico*, avait complètement oublié son rendez-vous avec moi — qu'il l'avait oublié aussitôt qu'il l'avait donné. Il n'avait jamais été un homme de parole très scrupuleux. Il n'y avait aucun recours ; aussi, refrénant ma contrariété autant que je le pouvais, je remontai tristement la rue, posant de vaines questions à propos de Mme Lalande à toutes les connaissances que je rencontrais. Par ouï-dire, je découvris que tous la connaissaient — et beaucoup, de vue — mais elle n'était en ville que depuis quelques semaines et il y avait donc peu de gens qui pussent prétendre la connaître personnellement.

These few, being still comparatively strangers, could not, or would not, take the liberty of introducing me through the formality of a morning call. While I stood thus, in despair, conversing with a trio of friends upon the all-absorbing subject of my heart, it so happened that the subject itself passed by.

"As I live, there she is!" cried one.

"Surprisingly beautiful!" exclaimed a second.

"An angel upon earth!" ejaculated a third.

I looked; and in an open carriage which approached us, passing slowly down the street, sat the enchanting vision of the opera, accompanied by the younger lady who had occupied a portion of her box.

"Her companion also wears remarkably well," said the one of my trio who had spoken first.

"Astonishingly," said the second; "still quite a brilliant air; but art will do wonders. Upon my word, she looks better than she did at Paris five years ago. A beautiful woman still;—don't you think so, Froissart?—Simpson, I mean."

"*Still!*" said I, "and why shouldn't she be? But compared with her friend she is as a rushlight to the evening star—a glow-worm to Antares."

"Ha! ha ! ha !—why Simpson, you have an astonishing tact at making discoveries—original ones, I mean." And here we separated, while one of the trio began humming a gay *vaudeville*, of which I caught only the lines—

Ces rares personnes, lui étant encore relativement étrangères, ne pouvaient, ou ne voulaient pas prendre la liberté de m'introduire selon l'usage lors d'une visite matinale. Tandis que j'étais là, en plein désespoir, conversant avec un trio d'amis sur l'objet qui obsédait mon cœur, il advint que l'objet lui-même passa.

« Sur ma vie, la voilà ! » s'écria l'un d'eux.

« Surprenante beauté ! » s'exclama un second.

« Un ange sur la terre ! » lança le troisième.

Je regardai ; et dans une voiture découverte qui s'approchait de nous en descendant lentement la rue était assise la vision enchanteresse de l'opéra, accompagnée par la dame plus jeune qui avait occupé une place de sa loge.

« Sa compagne elle aussi est bien conservée », dit celui du trio qui avait parlé le premier.

« Étonnamment, dit le second ; encore un air éclatant ; mais l'art fait des merveilles. Ma parole, elle semble encore mieux qu'à Paris il y a cinq ans. Encore une belle femme — ne pensez-vous pas, Froissart ? — Simpson, je veux dire. »

« *Encore !* dis-je, et pourquoi ne le serait-elle pas ? Mais comparée à son amie elle est une chandelle à côté d'une étoile — un ver luisant à côté d'Antarès. »

« Ha ! ha ! ha ! eh bien, Simpson, vous avez le don étonnant de faire des découvertes — des découvertes originales, je veux dire. » Et sur ces mots, nous nous séparâmes, tandis que l'un des trois commençait à chantonner un gai *vaudeville*, dont je ne saisis que ces vers —

Ninon, Ninon, Ninon à bas—
À bas Ninon De Lenclos!

During this little scene, however, one thing had served greatly to console me, although it fed the passion by which I was consumed. As the carriage of Madame Lalande rolled by our group, I had observed that she recognised me; and more than this, she had blessed me, by the most seraphic of all imaginable smiles, with no equivocal mark of the recognition.

As for an introduction, I was obliged to abandon all hope of it, until such time as Talbot should think proper to return from the country. In the meantime I perseveringly frequented every reputable place of public amusement; and, at length, at the theatre, where I first saw her, I had the supreme bliss of meeting her, and of exchanging glances with her once again. This did not occur, however, until the lapse of a fortnight. Every day, in the *interim*, I had inquired for Talbot at his hotel, and every day had been thrown into a spasm of wrath by the everlasting "Not come home yet" of his footman.

Upon the evening in question, therefore, I was in a condition little short of madness. Madame Lalande, I had been told, was a Parisian—had lately arrived from Paris—might she not suddenly return?—return before Talbot came back—and might she not be thus lost to me for ever?

Ninon, Ninon, Ninon à bas —
À bas Ninon De Lenclos !

Pendant cette petite scène, cependant, une chose avait grandement contribué à me consoler, bien qu'elle amplifiât encore la passion qui me consumait. Comme la voiture de Mme Lalande roulait devant notre groupe, j'avais remarqué qu'elle m'avait reconnu ; et plus encore, elle m'avait béni du plus séraphique sourire qu'on puisse imaginer, signe sans équivoque qu'elle me reconnaissait.

Quant à une présentation, j'étais obligé d'en abandonner tout espoir, jusqu'au moment où Talbot jugerait bon de revenir de la campagne. Entre-temps, je fréquentai avec assiduité tous les lieux d'amusement public réputés ; et, enfin, dans le théâtre où je l'avais vue pour la première fois, j'eus le suprême bonheur de la rencontrer, et d'échanger à nouveau des regards avec elle. Cela ne se produisit cependant pas avant une quinzaine de jours. Chaque jour, dans l'intervalle, je m'étais enquis de Talbot à son hôtel, et chaque jour le sempiternel « Pas encore rentré » de son valet m'avait jeté dans une crise de colère.

Le soir en question, donc, je me trouvais dans un état tout proche de la folie. Mme Lalande, m'avait-on dit, était une Parisienne — elle était arrivée récemment de Paris — ne risquait-elle pas d'y retourner soudainement ? — d'y retourner avant que Talbot ne revienne — et ne risquait-elle donc pas d'être perdue pour moi à tout jamais ?

The thought was too terrible to bear. Since my future happiness was at issue, I resolved to act with a manly decision. In a word, upon the breaking up of the play, I traced the lady to her residence, noted the address, and the next morning sent her a full and elaborate letter, in which I poured out my whole heart.

I spoke boldly, freely—in a word, I spoke with passion. I concealed nothing—not even of my weakness. I alluded to the romantic circumstances of our first meeting—even to the glances which had passed between us. I went so far as to say that I felt assured of her love : while I offered this assurance, and my own intensity of devotion, as two excuses for my otherwise unpardonable conduct. As a third, I spoke of my fear that she might quit the city before I could have the opportunity of a formal introduction. I concluded the most wildly enthusiastic epistle ever penned, with a frank declaration of my worldly circumstances—of my affluence—and with an offer of my heart and of my hand.

In an agony of expectation I awaited the reply. After what seemed the lapse of a century it came.

Yes, *actually came*. Romantic as all this may appear, I really received a letter from Madame Lalande—the beautiful, the wealthy, the idolised Madame Lalande. Her eyes—her magnificent eyes, had not belied her noble heart. Like a true Frenchwoman, as she was, she had obeyed the frank dictates of her reason—the generous impulses of her nature—

Cette pensée était trop terrible à supporter. Puisque mon bonheur futur était en jeu, je résolus d'agir avec une détermination virile. En un mot, à la fin de la représentation, je suivis la dame jusqu'à sa résidence, notai l'adresse, et le matin suivant lui envoyai une lettre longue et circonstanciée, dans laquelle je déversais tout mon cœur.

Je parlai hardiment, librement — en un mot, je parlai avec passion. Je ne cachai rien — pas même ma faiblesse. Je fis allusion aux circonstances romanesques de notre première rencontre — et même aux regards que nous avions échangés. J'allai jusqu'à dire que je me sentais sûr de son amour, tout en présentant cette certitude et l'intensité de ma propre dévotion comme autant d'excuses à une conduite qui autrement aurait été impardonnable. En troisième lieu, je parlai de ma crainte qu'elle pût quitter la ville avant que j'eusse l'occasion de lui être présenté selon les règles. Je conclus l'épître la plus follement enthousiaste jamais écrite par un exposé sincère de ma situation matérielle — de ma richesse — et par l'offre de mon cœur et de ma main.

Dans l'angoisse, j'attendis la réponse. Après ce qui me parut l'espace d'un siècle, elle arriva.

Oui, elle *arriva vraiment*. Aussi romanesque que cela puisse paraître, je reçus vraiment une lettre de Mme Lalande — la belle, la riche, l'idolâtrée Mme Lalande. Ses yeux — ses yeux magnifiques, n'avaient pas trahi son noble cœur. En vraie Française qu'elle était, elle avait obéi aux ordres directs de sa raison — aux impulsions généreuses de sa nature —

despising the conventional pruderies of the world. She had *not* scorned my proposals. She had *not* sheltered herself in silence. She had *not* returned my letter unopened. She had even sent me, in reply, one penned by her own exquisite fingers. It ran thus :

Monsieur Simpson vill pardonne me for not compose de butefulle tong of his contrée so vell as might. It is only de late dat I am arrive, and not yet ave de opportunité for to—l'étudier.

Vid dis apologie for the maniere, I vill now say dat, hélas!—Monsieur Simpson ave guess but de too true. Need I say de more? Hélas! am I not ready speak de too moshe[1]?

Eugénie Lalande

This noble-spirited note I kissed a million times, and committed no doubt, on its account, a thousand other extravagances that have now escaped my memory. Still Talbot *would* not return. Alas! could he have formed the even vaguest idea of the suffering his absence had occasioned his friend, would not his sympathising nature have flown immediately to my relief? Still, however, he came *not*. I wrote. He replied. He was detained by urgent business—but would shortly return. He begged me not to be impatient—to moderate my transports—

1. La lettre de Mme Lalande est en fait écrite dans un jargon comique qui mélange les mots français et des approximations de mots anglais. Il en est de même pour la discussion lors de la nuit de noces de la fin.

méprisant les pruderies conventionnelles du monde. Elle n'avait *pas* rejeté mes propositions. Elle ne s'était *pas* retranchée dans le silence. Elle ne m'avait *pas* retourné ma lettre sans l'ouvrir. Elle m'en avait même, en réponse, envoyé une, calligraphiée de ses doigts exquis. Elle disait ceci :

Monsieur Simpson me pardonnera de ne pas maîtriser la belle langue de son pays aussi bien que je le voudrais. Je ne suis arrivée que de fraîche date et n'ai pas encore eu l'opportunité de l'étudier.

Après cette excuse pour la manière, je dirais cependant hélas que ce que M. Simpson a deviné n'est que trop vrai. Est-il besoin d'en dire plus ? Hélas ! Ne suis-je pas prête à en dire trop ?

Eugénie Lalande.

Je l'embrassai un million de fois, ce billet aux nobles sentiments, et je fis, à cause de lui, un millier d'autres extravagances qui ont maintenant échappé à ma mémoire. Et Talbot ne *voulait* toujours pas rentrer. Hélas ! s'il s'était seulement fait la plus vague idée du supplice que son absence avait causé à son ami, sa nature compatissante n'aurait-elle pas immédiatement volé à mon secours ? Cependant il ne revenait toujours *pas*. J'écrivis. Il répondit. Il était retenu par une affaire urgente — mais reviendrait bientôt. Il me demandait de ne pas être impatient — de modérer mes transports —

to read soothing books—to drink nothing stronger than Hock [1]—and to bring the consolations of philosophy in my aid. The fool! if he could not come himself, why, in the name of everything rational, could he not have enclosed me a letter of presentation? I wrote him again, entreating him to forward one forthwith. My letter was returned by *that* footman, with the following endorsement in pencil. The scoundrel had joined his master in the country:

Left S—— yesterday, for parts unknown—did not say where—or when be back—so thought best to return letter, knowing your handwriting, and as how you is always, more or less, in a hurry.

Yours sincerely,
Stubbs.

After this, it is needless to say, that I devoted to the infernal deities both master and valet:—but there was little use in anger, and no consolation at all in complaint.

But I had yet a resource left, in my constitutional audacity. Hitherto it had served me well, and I now resolved to make it avail me to the end. Besides, after the correspondence which had passed between us, what act of mere informality *could* I commit, whithin bounds, that ought to be regarded as indecorous by Madame Lalande? Since the affair of the letter,

1. *Hock :* vin du Rhin.

de lire des livres apaisants — de ne rien boire de plus fort que du Hock — et d'appeler à mon aide les consolations de la philosophie. L'idiot ! s'il ne pouvait venir lui-même, pourquoi au nom même de la raison, ne m'avait-il pas joint une lettre de recommandation ? Je lui écrivis à nouveau, le suppliant de m'en envoyer une aussitôt. Ma lettre me fut renvoyée par *ce* valet, avec la note suivante au crayon. La canaille était allée retrouver son maître à la campagne :

A quitté S— hier pour une destination inconnue — n'a pas dit où — ni quand il reviendrait — ai donc pensé qu'il valait mieux vous retourner lettre, reconnaissant votre écriture, et sachant combien vous êtes toujours plus ou moins pressé.

Votre dévoué
Stubbs.

Après cela, il est inutile de dire que je vouai aux divinités infernales le maître comme le valet : — mais la colère ne servait pas à grand-chose, et les lamentations n'apportaient aucune consolation.

Mais, du fait de ma hardiesse naturelle, j'avais encore une ressource. Jusque-là, elle m'avait bien servi et je décidai alors de la laisser me profiter jusqu'au bout. D'ailleurs, après la correspondance qui avait été échangée entre nous, quel acte de pure inconvenance aurais-je pu commettre, dans les limites tolérées, qui puisse être considéré comme malséant par Mme Lalande ? Depuis l'affaire de la lettre,

I had been in the habit of watching her house, and thus discovered that, about twilight, it was her custom to promenade, attended only by a negro in livery, in a public square overlooked by her windows. Here, amid the luxuriant and shadowing groves, in the gray gloom of a sweet midsummer evening, I observed my opportunity and accosted her.

The better to deceive the servant in attendance, I did this with the assured air of an old and familiar acquaintance. With a presence of mind truly Parisian, she took the cue at once, and, to greet me, held out the most bewitchingly little of hands. The valet at once fell into the rear, and now, with hearts full to overflowing, we discoursed long and unreservedly of our love.

As Madame Lalande spoke English even less fluently than she wrote it, our conversation was necessarily in French. In this sweet tongue, so adapted to passion, I gave loose to the impetuous enthusiasm of my nature, and, with all the eloquence I could command, besought her to consent to an immediate marriage.

At this impatience she smiled. She urged the old story of decorum—that bug-bear which deters so many from bliss until the opportunity for bliss has for ever gone by. I had most imprudently made it known among my friends, she observed, that I desired her acquaintance—thus that I did not possess it—thus, again, there was no possibility of concealing the date of our first knowledge of each other.

j'avais pris l'habitude d'épier sa maison et j'avais ainsi découvert que, vers le crépuscule, elle avait l'habitude de se promener, accompagnée seulement d'un nègre en livrée, dans un jardin public sur lequel donnaient ses fenêtres. Là, parmi les bosquets luxuriants et ombrageux, dans la pénombre grise d'une douce soirée d'été, je saisis l'occasion et je l'abordai.

Pour mieux tromper le serviteur qui l'accompagnait, je le fis avec l'air assuré d'une vieille et familière relation. Avec une présence d'esprit vraiment parisienne, elle saisit aussitôt l'occasion, et, pour me saluer, me tendit la plus ensorcelante petite main. Le valet s'effaça immédiatement et alors, le cœur débordant, nous nous parlâmes longuement et sans réserve de notre amour.

Comme Mme Lalande parlait anglais encore moins couramment qu'elle ne l'écrivait, notre conversation était nécessairement menée en français. Dans cette langue suave, tellement adaptée à la passion, je donnai libre cours à l'enthousiasme impétueux de ma nature, et, avec toute l'éloquence dont je pouvais disposer, je la suppliai de consentir à un mariage immédiat.

Devant cette impatience, elle sourit. Elle allégua la vieille histoire de la convenance — cet épouvantail qui détourne tant de gens du bonheur jusqu'à ce que l'occasion du bonheur soit à tout jamais passée. J'avais fort imprudemment fait savoir à mes amis, me fit-elle remarquer, que je désirais faire sa connaissance — donc que je ne la connaissais pas — et donc encore, il n'était pas possible de cacher la date de notre première rencontre.

And then she adverted, with a blush, to the extreme recency of this date. To wed immediately would be improper—would be indecorous—would be *outré*. All this she said with a charming air of *naïveté* which enraptured while it grieved and convinced me. She went even so far as to accuse me, laughingly, of rashness—of imprudence. She bade me remember that I really even knew not who she was—what were her prospects, her connections, her standing in society. She begged me, but with a sigh, to reconsider my proposal, and termed my love an infatuation—a will o' the wisp—a fancy or fantasy of the moment, a baseless and unstable creation rather of the imagination than of the heart. These things she uttered as the shadows of the sweet twilight gathered darkly and more darkly around us—and then, with a gentle pressure of her fairy-like hand, overthrew in a single sweet instant, all the argumentative fabric she had reared.

I replied as best I could—as only a true lover can. I spoke at length, and perseveringly of my devotion, of my passion—of her exceeding beauty, and of my own enthusiastic admiration. In conclusion, I dwelt, with a convincing energy, upon the perils that encompass the course of love—that course of true love that never did run smooth—and thus deduced the manifest danger of rendering that course unnecessarily long.

Et puis, elle fit allusion, en rougissant, à la date extrêmement récente de cette rencontre. Se marier immédiatement serait inconvenant — serait de mauvais goût — serait *outré*. Tout cela, elle le dit avec un charmant air de *naïveté* qui me ravit et en même temps me chagrina et me convainquit. Elle alla même jusqu'à m'accuser, en riant, de témérité — d'imprudence. Elle me dit de me rappeler que je ne savais même pas vraiment qui elle était — quelles étaient ses perspectives, ses relations, sa situation sociale. Elle me pria, mais dans un soupir, de reconsidérer mon offre, et traita mon amour d'engouement — de feu follet — de chimère ou de caprice du moment, une invention injustifiée et instable de l'imagination plutôt que du cœur. Toutes ces choses, elle les dit tandis que les ombres du doux crépuscule s'allongeaient, de plus en plus sombres, autour de nous — et puis, d'une légère pression de sa main de fée, elle détruisit en un seul délicieux instant tout cet échafaudage d'arguments qu'elle avait édifié.

Je répliquai du mieux que je pus — comme seul peut le faire un véritable amoureux. Je parlai longtemps et avec persévérance de ma dévotion, de ma passion, de son excessive beauté, et de ma propre admiration enthousiaste. En conclusion, j'insistai, avec une énergie convaincante, sur les périls qui entourent le cours de l'amour, ce cours du véritable amour qui n'est jamais sans remous — et je montrai ainsi le danger manifeste qu'il y avait à rendre ce cours plus long que nécessaire.

This latter argument seemed finally to soften the rigour of her determination. She relented; but there was yet an obstacle, she said, which she felt assured I had not properly considered. This was a delicate point—for a woman to urge, especially so; in mentioning it, she saw that she must make a sacrifice of her feelings; still, for *me*, every sacrifice should be made. She alluded to the topic of *age*. Was I aware—was I fully aware of this discrepancy between us? That the age of the husband should surpass by a few years—even by fifteen or twenty—the age of the wife, was regarded by the world as admissible, and indeed, as even proper: but she had always entertained the belief that the years of the wife should *never* exceed in number those of the husband. A discrepancy of this unnatural kind gave rise, too frequently, alas! to a life of unhappiness. Now she was aware that my own age did not exceed two and twenty; and I, on the contrary, perhaps was *not* aware that the years of my Eugénie extended very considerably beyond that number.

About all this there was a nobility of soul—a dignity of candor—which delighted—which enchanted me—which eternally riveted my chains. I could scarcely restrain the excessive transport which possessed me.

"My sweetest Eugénie," I cried, "what is all this about which you are discoursing? Your years surpass in some measure my own.

Ce dernier argument parut finalement adoucir la rigueur de sa détermination. Elle se laissa fléchir ; mais il y avait encore un obstacle, dit-elle, auquel, elle en était sûre, je n'avais pas prêté assez d'attention. C'était un point délicat — et plus particulièrement lorsque c'était une femme qui le soulevait ; en l'abordant, elle voyait bien qu'elle devait faire le sacrifice de ses sentiments ; mais, pour *moi,* elle était prête à faire n'importe quel sacrifice. Elle faisait allusion à la question de l'*âge.* Me rendais-je compte — me rendais-je pleinement compte de l'écart entre nous deux ? Que l'âge du mari dépassât de quelques années — et même de quinze ou vingt — l'âge de la femme, le monde trouvait cela admissible, et même convenable : mais elle avait toujours eu la conviction que les années de la femme ne devaient *jamais* dépasser en nombre celles du mari. Un écart anormal de ce genre entraînait trop fréquemment, hélas ! une existence malheureuse. Or elle savait que mon âge ne dépassait pas les vingt-deux ans ; et moi, à l'inverse, je ne me rendais peut-être *pas* compte que l'âge de mon Eugénie allait bien au-delà de ce nombre.

Dans tout cela, il y avait une noblesse d'âme — une dignité dans la franchise — qui me ravit — qui m'enchanta — qui riva mes chaînes pour l'éternité. Je pouvais à peine contenir l'extrême transport qui me possédait.

« Ma délicieuse Eugénie, m'écriai-je, de quoi donc êtes-vous en train de me parler ? Votre âge dépasse quelque peu le mien.

But what then? The customs of the world are so many conventional follies. To those who love as ourselves, in what respect differs a year, from an hour? I am twenty-two, you say; granted: indeed, you may as well call me, at once, twenty-three. Now you yourself, my dearest Eugénie, can have numbered no more than—can have numbered no more than—no more than—than—than—than—"

Here I paused for an instant, in the expectation that Madame Lalande would interrupt me by supplying her true age. But a Frenchwoman is seldom direct, and has always, by way of answering to an embarrassing query, some little practical reply of her own. In the present instance, Eugénie, who for a few moments past had seemed to be searching for something in her bosom, at length let fall upon the grass a miniature, which I immediately picked up and presented to her.

"Keep it!" she said, with one of her most ravishing smiles. "Keep it for my sake—for the sake of her whom it too flatteringly represents. Besides, upon the back of the trinket you may discover, perhaps, the very information you seem to desire. It is now, to be sure, growing rather dark—but you can examine it at your leisure in the morning. In the meantime, you shall be my escort home to-night. My friends are about holding a little musical *levée*. I can promise you, too, some good singing.

Et alors? Les coutumes du monde sont autant de sottises conventionnelles. Pour ceux qui s'aiment comme nous, en quoi une année diffère-t-elle d'une heure? J'ai vingt-deux ans, dites-vous; d'accord : en vérité, vous pouvez aussi bien dire tout de suite vingt-trois. Quant à vous-même, ma très chère Eugénie, vous ne pouvez compter plus de — plus de — de — de — de — »

Là, je m'arrêtai un instant, attendant que Mme Lalande m'interrompît en me donnant son âge véritable. Mais une Française est rarement directe, et a toujours pour répondre à une question embarrassante, quelque réplique pratique de son cru. Dans le cas présent, Eugénie, qui pendant quelques instants avait semblé chercher quelque chose dans son sein, finit par faire tomber dans l'herbe une miniature que je ramassai aussitôt et que je lui tendis.

« Gardez-la ! » dit-elle, avec un de ses plus ravissants sourires. « Gardez-la pour l'amour de moi — pour l'amour de celle qu'elle représente trop flatteusement. Et puis, au dos de ce bijou, vous pourrez peut-être découvrir le renseignement même que vous semblez désirer. Bien sûr, à cette heure, il commence à faire plutôt sombre — mais vous pourrez l'examiner à loisir demain matin. En attendant, vous allez me raccompagner chez moi ce soir. Mes amis doivent donner une petite soirée musicale. Je peux vous promettre aussi du chant de qualité.

We French are not nearly so punctilious as you Americans, and I shall have no difficulty in smuggling you in, in the character of an old acquaintance."

With this, she took my arm, and I attended her home. The mansion was quite a fine one, and, I believe, furnished in good taste. Of this latter point, however, I am scarcely qualified to judge; for it was just dark as we arrived; and in American mansions of the better sort lights seldom, during the heat of summer, make their appearance at this, the most pleasant period of the day. In about an hour after my arrival, to be sure, a single shaded solar lamp was lit in the principal drawing-room; and this apartment, I could thus see, was arranged with unusual good taste and even splendour; but two other rooms of the suite, and in which the company chiefly assembled, remained, during the whole evening, in a very agreeable shadow. This is a well-conceived custom, giving the party at least a choice of light or shade, and one which our friends over the water could not do better than immediately adopt.

The evening thus spent was unquestionably the most delicious of my life. Madame Lalande had not overrated the musical abilities of her friends; and the singing I here heard I had never heard excelled in any private circle out of Vienna. The instrumental performers were many and of superior talents. The vocalists were chiefly ladies, and no individual sang less than well.

Nous autres Français ne sommes pas aussi pointilleux que vous Américains, et je n'aurai aucune difficulté à vous introduire en qualité de vieil ami. »

Sur ces mots, elle prit mon bras et je l'accompagnai chez elle. La demeure était belle, et, je crois, meublée avec bon goût. Sur ce point, cependant, je peux difficilement émettre un jugement ; car il faisait tout juste nuit lorsque nous arrivâmes ; et dans les meilleures maisons américaines, pendant la chaleur de l'été, les lumières font rarement leur apparition à ce moment-là, qui est le moment le plus agréable de la journée. Une heure environ après mon arrivée, bien sûr, on alluma un unique lampadaire à abat-jour dans le salon principal ; et cette pièce, à ce que je pus voir ainsi, était arrangée avec un goût inhabituel et même avec splendeur ; mais les deux autres pièces de l'appartement, dans lesquelles la compagnie se rassembla surtout, restèrent, durant toute cette soirée, dans une fort agréable pénombre. C'est une habitude excellente, qui offre au moins aux invités le choix entre la lumière et la pénombre, une habitude que nos amis d'outre-Atlantique ne pourraient mieux faire que d'adopter immédiatement.

La soirée ainsi passée fut indiscutablement la plus délicieuse de ma vie. Mme Lalande n'avait pas surestimé les talents musicaux de ses amis ; et le chant que j'entendis là, je n'en ai jamais entendu de meilleur dans un salon privé hors de Vienne. Les instrumentistes étaient nombreux et d'un talent supérieur. Les chanteurs étaient surtout des femmes, et toutes étaient bonnes.

At length, upon a peremptory call for "Madame Lalande," she arose at once, without affectation or demur, from the *chaise longue* upon which she had sat by my side, and, accompanied by one or two gentlemen and her female friend of the opera, repaired to the piano in the main drawing-room. I would have escorted her myself, but felt that, under the circumstances of my introduction to the house, I had better remain unobserved where I was. I was thus deprived of the pleasure of seeing, although not of hearing, her sing.

The impression she produced upon the company seemed electrical—but the effect upon myself was something even more. I know not how adequately to describe it. It arose in part, no doubt, from the sentiment of love with which I was imbued; but chiefly from my conviction of the extreme sensibility of the singer. It is beyond the reach of art to endow either air or recitative with more impassioned *expression* than was hers. Her utterance of the romance in Otello—the tone with which she gave the words "*Sul mio sasso*," in the Capuletti[1]—is ringing in my memory yet. Her lower tones were absolutely miraculous. Her voice embraced three complete octaves, extending from the contralto D to the D upper soprano, and, though sufficiently powerful to have filled the San Carlos[2],

1. *Otello* : il s'agit de l'opéra de Rossini (1816). *Les Capulets : Les Capulets et les Montaigus* de Bellini (1830) où la Malibran travestie triompha dans le rôle de Roméo.

2. *San Carlo* (que Poe écrit San Carlos) : l'opéra de Naples. Les

À la fin, après un appel péremptoire réclamant « Madame Lalande », elle se leva tout de suite, sans affectation ni hésitation, de la *chaise longue* où elle s'était installée auprès de moi, et, accompagnée d'un ou deux messieurs et de son amie de l'opéra, elle gagna le piano dans le grand salon. Je l'aurais bien accompagnée moi-même, mais je pensais qu'étant donné les circonstances de mon introduction dans la maison, il valait mieux que je reste où j'étais sans me faire remarquer. Je fus ainsi privé du plaisir de la voir chanter mais non de celui de l'entendre.

L'impression qu'elle produisit sur l'assistance sembla électrique — mais l'effet sur moi-même fut bien pire encore. Je ne sais comment le décrire correctement. Il provenait en partie sans doute du sentiment d'amour dont j'étais pénétré ; mais surtout du fait que j'étais persuadé de l'extrême délicatesse de la chanteuse. Il est au-delà du pouvoir de l'art d'empreindre un air ou un récitatif d'une *expression* plus passionnée que ne l'était la sienne. Sa façon de chanter la romance d'*Otello* — le ton avec lequel elle prononça les mots « *Sul mio sasso* », dans les *Capulets* — résonne encore dans ma mémoire. Ses notes basses étaient absolument miraculeuses. Sa voix portait sur trois octaves entières, s'étendant du ré du contralto au ré du soprano aigu, et, quoique assez puissante pour remplir le San Carlo,

descriptions précises sur l'art lyrique font illusion : elles sont directement inspirées par les *Memoirs and letters of Madame Malibran* de la comtesse Merlin, parus à Philadelphie, en 1840, et dont Poe avait rendu compte dans le *Burton's Gentleman's Magazine*.

executed, with the minutest precision, every difficulty of vocal composition—ascending and descending scales, cadences, or *fiorituri*. In the finale of the Sonnambula [1], she brought about a most remarkable effect at the words:

> Ah! non giunge uman pensiero
> Al contento ond 'io son piena.

Here, in imitation of Malibran, she modified the original phrase of Bellini, so as to let her voice descend to the tenor G, when, by a rapid transition, she struck the G above the treble stave, springing over an interval of two octaves.

Upon rising from the piano after these miracles of vocal execution, she resumed her seat by my side; when I expressed to her, in terms of the deepest enthusiasm, my delight at her performance. Of my surprise I said nothing, and yet was I most unfeignedly surprised; for a certain feebleness, or rather a certain tremulous indecision of voice in ordinary conversation, had prepared me to anticipate that, in singing, she would not acquit herself with any remarkable ability.

Our conversation was now long, earnest, uninterrupted, and totally unreserved.

1. *La Somnambule :* l'opéra de Bellini (1831) dans lequel avait aussi brillé la Malibran. Les deux vers que prononce Amina à la fin de l'opéra peuvent se traduire par :

> *Ah ! La pensée humaine ne peut concevoir*
> *Le bonheur dont je suis remplie.*

exécutait, avec la précision la plus minutieuse, chaque difficulté de composition vocale — gammes montantes et descendantes, cadences ou *fioriture*. Dans le finale de la *Somnambule,* elle produisit un effet des plus remarquables sur les mots :

Ah ! non giunge uman pensiero
Al contento ond'io son piena.

Là, à la façon de la Malibran, elle modifia la phrase originale de Bellini, afin de permettre à sa voix de descendre au sol de ténor, puis, par une rapide transition, elle lança le contre-sol, sautant un intervalle de deux octaves.

Quittant le piano après ces miracles d'exécution vocale, elle regagna son siège à mes côtés ; je lui exprimai alors, en termes du plus profond enthousiasme, la joie que j'avais ressentie devant son interprétation. De ma surprise je ne dis rien, et pourtant j'étais très franchement surpris ; car une certaine faiblesse, ou plutôt une certaine indécision tremblotante de sa voix, dans la conversation ordinaire, m'avait incité à croire que, dans le chant, elle ne ferait pas montre d'une habileté bien remarquable.

Notre conversation fut alors longue, sérieuse, ininterrompue, et totalement sans réserve.

She made me relate many of the earlier passages of my life, and listened with breathless attention to every word of the narrative. I concealed nothing—felt that I had a right to conceal nothing—from her confiding affection. Encouraged by her candour upon the delicate point of her age, I entered, with perfect frankness, not only into a detail of my many minor vices, but made full confession of those moral and even of those physical infirmities, the disclosure of which, in demanding so much higher a degree of courage, is so much surer an evidence of love. I touched upon my college indiscretions—upon my extravagances—upon my carousals—upon my debts—upon my flirtations. I even went so far as to speak of a slightly hectic cough with which, at one time, I had been troubled—of a chronic rheumatism—of a twinge of hereditary gout—and, in conclusion, of the disagreeable and inconvenient, but hitherto carefully concealed, weakness of my eyes.

"Upon this latter point," said Madame Lalande, laughingly, "you have been surely injudicious in coming to confession; for, without the confession, I take it for granted that no one would have accused you of the crime. By the by," she continued, "have you any recollection—" and here I fancied that a blush, even through the gloom of the apartment, became distinctly visible upon her cheek—"have you any recollection, *mon cher ami,* of this little ocular assistant which now depends from my neck?"

Elle me fit raconter de nombreux épisodes de ma vie passée, et elle écouta, en retenant son souffle, chaque mot de mon récit. Je ne cachai rien, — je sentais que j'avais le droit de ne rien cacher à sa confiante affection. Encouragé par sa sincérité sur la délicate question de son âge, non seulement j'entrai avec une parfaite franchise dans le détail de mes nombreux petits défauts, mais encore je fis une confession complète de ces infirmités morales et même physiques dont la révélation, qui exige un si haut degré de courage, n'est qu'une plus sûre preuve d'amour. J'évoquai mes péchés de collège — mes extravagances — mes beuveries — mes dettes — mes flirts. J'allai jusqu'à parler d'une légère toux hectique dont, à un moment, j'avais souffert — d'un rhumatisme chronique — d'une légère atteinte de goutte héréditaire — et, pour conclure, de ce défaut de ma vue, désagréable et gênant, mais jusqu'à présent soigneusement caché.

« Quant à ce dernier point, dit Mme Lalande en riant, vous avez sûrement eu tort de l'avouer ; car, sans cet aveu, je suis sûre que personne ne vous aurait accusé du crime. À propos, continua-t-elle, avez-vous le moindre souvenir » — et à ce moment j'eus l'impression qu'une rougeur, malgré la pénombre de la pièce, apparaissait distinctement sur sa joue — « avez-vous le moindre souvenir, *mon cher ami,* de cette petite aide oculaire qui pend à mon cou ? »

As she spoke, she twirled in her fingers the identical double eye-glass, which had so overwhelmed me with confusion at the opera.

"Full well—alas! do I remember it," I exclaimed, pressing passionately the delicate hand which offered the glasses for my inspection. They formed a complex and magnificent toy, richly chased and filigreed, and gleaming with jewels which, even in the deficient light, I could not help perceiving were of high value.

"*Eh bien! mon ami,*" she resumed with a certain *empressement* of manner that rather surprised me—"*Eh bien! mon ami,* you have earnestly besought of me a favour which you have been pleased to denominate priceless. You have demanded of me my hand upon the morrow. Should I yield to your entreaties—and, I may add, to the pleadings of my own bosom—would I not be entitled to demand of you a very—a very little boon in return?"

"Name it!" I exclaimed with an energy that had nearly drawn upon us the observation of the company, and restrained by their presence alone from throwing myself impetuously at her feet. "Name it, my beloved, my Eugénie, my own!—name it!—but, alas! it is already yielded ere named."

"You shall conquer, then, *mon ami,*" said she, "for the sake of the Eugénie whom you love, this little weakness which you have at last confessed—this weakness more moral than physical—and which,

Tout en parlant, elle tournait entre ses doigts le même face-à-main qui m'avait tant rempli de confusion à l'opéra.

« Je m'en souviens fort bien — hélas ! » m'exclamai-je en pressant passionnément la main délicate qui me tendait les lunettes à examiner. Elles constituaient un bibelot compliqué et magnifique, richement ciselé et filigrané, tout scintillant de pierreries dont, malgré cette faible lumière, je ne pouvais manquer de voir qu'elles étaient de grande valeur.

« *Eh bien! mon ami* », reprit-elle avec un certain *empressement* dans l'attitude qui me surprit plutôt — « *Eh bien! mon ami,* vous m'avez ardemment priée de vous accorder une faveur qu'il vous a plu de qualifier d'inestimable. Vous m'avez demandé ma main pour demain. Si je devais céder à vos prières — et, puis-je ajouter, aux prières de mon propre cœur — n'aurais-je pas le droit de vous demander en retour une très — très petite faveur ? »

« Dites-la-moi ! » m'écriai-je avec une énergie qui faillit attirer sur nous l'attention de l'assistance, dont la seule présence m'empêchait de me jeter impétueusement à ses pieds. « Dites-la-moi, mon adorée, mon Eugénie, mienne ! — dites-la ! — mais, hélas ! elle est déjà accordée avant même d'être dite. »

« Alors, *mon ami,* dit-elle, pour l'amour de l'Eugénie que vous aimez, vous vaincrez ce petit défaut que vous avez enfin avoué — ce défaut plus moral que physique — et qui, laissez-moi vous le dire, s'accorde si mal à la noblesse de votre véritable nature — coïncide si peu avec la franchise de votre caractère habituel — et qui,

let me assure you, is so unbecoming the nobility of your real nature—so inconsistent with the candour of your usual character—and which, if permitted further control, will assuredly involve you, sooner or later, in some very disagreeable scrape. You shall conquer, for my sake, this affectation which leads you, as you yourself acknowledge, to the tacit or implied denial of your infirmity of vision. For, this infirmity you virtually deny, in refusing to employ the customary means for its relief. You will understand me to say, then, that I wish you to wear spectacles :—ah, hush!—you have already consented to wear them, *for my sake*. You shall accept the little toy which I now hold in my hand, and which, though admirable as an aid to vision, is really of no very immense value as a gem. You perceive that, by a trifling modification thus—or thus—it can be adapted to the eyes in the form of spectacles, or worn in the waistcoat pocket as an eye-glass. It is in the former mode, however, and habitually, that you have already consented to wear it *for my sake*."

This request—must I confess it?—confused me in no little degree. But the condition with which it was coupled rendered hesitation, of course, a matter altogether out of the question.

"It is done!" I cried, with all the enthusiasm that I could muster at the moment. "It is done—it is most cheerfully agreed.

si vous le laissez plus longtemps vous dominer, vous entraînera sûrement, tôt ou tard, dans quelque très fâcheuse mésaventure. Vous vaincrez, par amour de moi, cette affectation qui vous pousse, comme vous le reconnaissez vous-même, à la dénégation tacite ou implicite de votre infirmité visuelle. Car, cette infirmité vous la niez virtuellement en refusant d'utiliser les moyens habituels de soulagement. Vous comprendrez donc que je veux que vous portiez des lunettes : — ah, chut ! — vous avez déjà consenti à les porter, *pour l'amour de moi.* Acceptez le petit objet que je tiens à la main, et qui, quoique admirable en tant qu'accessoire pour la vue, n'est pas vraiment de grande valeur en tant que bijou. Vous voyez qu'en le transformant légèrement, comme ceci ou comme cela, il peut être adapté pour les yeux sous forme de lunettes, ou porté dans la poche de gilet comme un monocle. C'est cependant sous sa première forme et en permanence, que vous avez déjà consenti à le porter *pour l'amour de moi.* »

Cette demande — dois-je le confesser ? — me surprit au plus haut point. Mais la condition à laquelle elle était assujettie rendait bien entendu toute hésitation hors de question.

« C'est chose faite ! » m'écriai-je, avec tout l'enthousiasme que je pus rassembler sur le moment. « C'est chose faite — c'est accepté de grand cœur.

I sacrifice every feeling for your sake. To-night I wear this dear eye-glass, *as* an eye-glass, and upon my heart; but with the earliest dawn of that morning which gives me the pleasure of calling you wife, I will place it upon my—upon my nose,—and there wear it ever afterward, in the less romantic, and less fashionable, but certainly in the more serviceable, form, which you desire."

Our conversation now turned upon the details of our arrangements for the morrow. Talbot, I learned from my betrothed, had just arrived in town. I was to see him at once, and procure a carriage. The *soirée* would scarcely break up before two; and by this hour the vehicle was to be at the door; when, in the confusion occasioned by the departure of the company, Madame L. could easily enter it unobserved. We were then to call at the house of a clergyman who would be in waiting; there be married, drop Talbot, and proceed on a short tour to the East; leaving the fashionable world at home to make whatever comments upon the matter it thought best.

Having planned all this, I immediately took leave, and went in search of Talbot, but, on the way, I could not refrain from stepping into a hotel, for the purpose of inspecting the miniature; and this I did by the powerful aid of the glasses. The countenance was a surpassingly beautiful one! Those large luminous eyes!—that proud Grecian nose!—those dark luxuriant curls!—"Ah!" said I, exultingly to myself,

Je sacrifierai toute vanité par amour de vous. Ce soir je porte ce cher face-à-main, *comme* un monocle, et sur mon cœur; mais dès l'aube de ce lendemain qui m'apportera le plaisir de vous appeler ma femme, je le mettrai sur mon — sur mon nez, et le porterai toujours ainsi par la suite, de la manière moins romanesque, moins élégante mais certainement plus pratique que vous désirez. »

Notre conversation porta alors sur les détails de nos préparatifs pour le lendemain. Talbot, je l'appris par ma fiancée, venait de rentrer en ville. Il me fallait le voir immédiatement, et me procurer une voiture. La *soirée* ne se terminerait guère avant deux heures; et à ce moment le véhicule devait être à la porte; alors, dans la confusion provoquée par le départ de l'assistance, Mme L. pourrait aisément y monter sans être vue. Nous irions ensuite au domicile d'un pasteur qui nous attendrait; et là, nous nous marierions, abandonnerions Talbot, et partirions pour un court voyage vers l'est, laissant sur place le beau monde faire les commentaires qu'il voulait sur l'affaire.

Ayant arrangé tout cela, je pris immédiatement congé, et me mis en quête de Talbot, mais, sur mon chemin, je ne pus m'empêcher d'entrer dans un hôtel afin d'examiner la miniature; et ceci, je le fis grâce à l'aide puissante des lunettes. Le visage était d'une beauté surprenante! Ces grands yeux brillants! — ce fier nez grec! — ces boucles sombres et luxuriantes! — « Ah! me dis-je, exultant,

"this is indeed the speaking image of my beloved!" I turned the reverse, and discovered the words —"Eugénie Lalande—aged twenty-seven years and seven months."

I found Talbot at home, and proceeded at once to acquaint him with my good fortune. He professed excessive astonishment, of course, but congratulated me most cordially, and proffered every assistance in his power. In a word, we carried out our arrangement to the letter; and at two in the morning, just ten minutes after the ceremony, I found myself in a close carriage with Madame Lalande—with Mrs. Simpson, I should say—and driving at a great rate out of town, in a direction north-east by north, half-north.

It had been determined for us by Talbot, that, as we were to be up all night, we should make our first stop at C——, a village about twenty miles from the city, and there get an early breakfast and some repose, before proceeding upon our route. At four, precisely, therefore, the carriage drew up at the door of the principal inn. I handed my adored wife out, and ordered breakfast forthwith. In the meantime we were shown into a small parlour, and sat down.

It was now nearly if not altogether daylight; and, as I gazed, enraptured, at the angel by my side,

c'est vraiment l'image parlante de ma bien-aimée ! » Je le retournai et découvris les mots — « Eugénie Lalande — à l'âge de vingt-sept ans et sept mois. »

Je trouvai Talbot chez lui et je me mis aussitôt à lui faire part de ma bonne fortune. Il montra un extrême étonnement, bien sûr, mais me félicita très cordialement, et m'offrit toute l'aide qui était en son pouvoir. En un mot, nous menâmes notre programme à la lettre ; et à deux heures du matin, juste dix minutes après la cérémonie, je me retrouvai dans une voiture fermée avec Mme Lalande — avec Mrs. Simpson, devrais-je dire — roulant à grande vitesse hors de la ville dans une direction nord-est-nord, ou demi-nord.

Comme nous devions rester debout toute la nuit, Talbot avait décidé pour nous que nous ferions notre première halte à C—, un village situé à environ vingt milles de la ville, et que là, nous aurions un petit déjeuner matinal et quelque repos, avant de reprendre notre route. À quatre heures précises, donc, la voiture s'arrêta devant la porte de la principale auberge. J'aidai ma femme adorée à descendre et commandai aussitôt le petit déjeuner. En attendant, on nous fit pénétrer dans un petit salon et nous nous assîmes.

Il faisait maintenant presque jour sinon tout à fait ; et, tandis que je contemplais, ravi, l'ange qui se trouvait à mes côtés,

the singular idea came, all at once, into my head, that this was really the very first moment since my acquaintance with the celebrated loveliness of Madame Lalande, that I had enjoyed a near inspection of that loveliness by daylight at all.

"And now, *mon ami,*" said she, taking my hand, and so interrupting this train of reflection, "and now, *mon cher ami,* since we are indissolubly one—since I have yielded to your passionate entreaties, and performed my portion of our agreement—I presume you have not forgotten that you also have a little favour to bestow—a little promise which it is your intention to keep. Ah! let me see! Let me remember! Yes; full easily do I call to mind the precise words of the dear promise you made to Eugénie last night. Listen! You spoke thus: 'It is done!—it is most cheerfully agreed! I sacrifice every feeling for your sake. To-night I wear this dear eye-glass *as* an eye-glass, and upon my heart; but with the earliest dawn of that morning which gives me the privilege of calling you wife, I will place it upon my—upon my nose,— and there wear it ever afterward, in the less romantic, and less fashionable, but certainly in the more serviceable, form which you desire.' These were the exact words, my beloved husband, were they not?"

"They were," I said; "you have an excellent memory; and assuredly, my beautiful Eugénie, there is no disposition on my part to evade the performance of the trivial promise they imply.

il me vint tout à coup en tête l'idée singulière que c'était vraiment la toute première fois depuis ma rencontre avec la célèbre beauté de Mme Lalande que je pouvais me réjouir de voir de près cette beauté à la lumière du jour.

« Et maintenant, *mon ami* », dit-elle en prenant ma main, et en rompant ainsi le cours de ces réflexions, « et maintenant, *mon cher ami,* puisque nous sommes indissolublement unis — puisque j'ai cédé à vos sollicitations passionnées et rempli ma part de notre arrangement — je présume que vous n'avez pas oublié que vous aussi vous avez une petite faveur à m'accorder — ma petite promesse que vous avez l'intention de tenir. Ah ! voyons ! que je me souvienne ! oui ; je me remémore tout à fait aisément les mots précis de la chère promesse que vous avez faite à Eugénie la nuit dernière. Écoutez ! Vous avez dit ceci " c'est chose faite — c'est accepté de grand cœur. Je sacrifierai toute vanité par amour de vous. Ce soir je porte ce cher face-à-main, *comme* un monocle, et sur mon cœur ; mais dès l'aube de ce lendemain qui m'apportera le plaisir de vous appeler ma femme, je le mettrai sur mon — sur mon nez, et le porterai toujours ainsi par la suite, de la manière moins romanesque, moins élégante mais certainement plus pratique que vous désirez ". C'étaient vos paroles exactes, mon mari adoré, n'est-ce pas ? »

« En effet, dis-je, vous avez une excellente mémoire ; et assurément, ma belle Eugénie, je n'ai aucune intention de me soustraire à l'exécution de la promesse insignifiante qu'impliquent ces paroles.

See! Behold? They are becoming—rather—are they not?" And here, having arranged the glasses in the ordinary form of spectacles, I applied them gingerly in their proper position; while Madame Simpson, adjusting her cap, and folding her arms, sat bolt upright in her chair, in a somewhat stiff and prim, and indeed, in a somewhat undignified position.

"Goodness gracious me!" I exclaimed, almost at the very instant that the rim of the spectacles had settled upon my nose—"*My!* goodness gracious me!—why what *can* be the matter with these glasses? and taking them quickly off, I wiped them carefully with a silk handkerchief, and adjusted them again.

But if, in the first instance, there had occured something which occasioned me surprise, in the second, this surprise became elevated into astonishment; and this astonishment was profound—was extreme—indeed I may say it was horrific. What, in the name of everything hideous, did this mean? Could I believe my eyes?—*could* I?—that was the question. Was that—was that—was that *rouge?* And were those—and were those—were those *wrinkles*, upon the visage of Eugénie Lalande? And oh! Jupiter, and every one of the gods and goddesses, little and big!—what—what—what—*what* had become of her teeth? I dashed the spectacles violently to the ground, and, leaping to my feet, stood erect in the middle of the floor, confronting Mrs. Simpson, with my arms set a-kimbo, and grinning and foaming,

1 Henri Lefort : *Portrait d'E. A. Poe*, 1894. Bibliothèque nationale, Paris.

2

L'université peinte dans *Mystification* est inspirée par l'Académie de West Point où Poe fut cadet en 1830.

2 Bernstrom : *Les cadets de West Point*, 1886.

3 D'après G. Catlin : *L'académie de West Point*. Bibliothèque nationale, Paris.

4 Vue générale de West Point vers 1808.

Au XIXe siècle, les universités allemandes étaient célèbres pour leur tradition de duels entre étudiants.

5 Duels d'étudiants en Allemagne, début XIXe. Bibliothèque des Arts Décoratifs, Paris.

3

4

5

6

7

8

Dans *L'Homme qui était usé,* John A. B. C. Smith semble avoir été inspiré par deux généraux contemporains de Poe qui combattirent les Indiens : William Henry Harrison et Winfield Scott.

6 G. Catlin : *Le jeu de balles indien* (détail). Château de Blérancourt.

7 G. Catlin : *Chef indien Keokuk*, 1834. National Collection of Fine Arts, Washington.

8 R. Peale : *Le Général William Henry Harrison*, vers 1812. National Portrait Gallery, Washington.

9

10

11

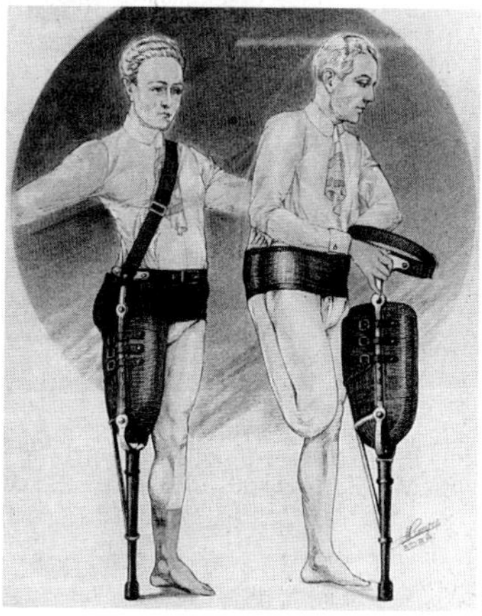

12

) A. Chappel : *Le Général Winfield*
Scott.

10 Indien scalpant un ennemi tué.
Bibliothèque nationale, Paris.

11 Indien arrachant un Américain
le sa selle, vers 1880.

12 Royet : *Appareillage*. Musée de
'Appareillage.

13

14

« Nous sommes un peuple merveilleux, et nous vivons une époque merveilleuse. Parachutes et chemins de fer (...) ! Nos vapeurs sont sur chaque mer (...). Il n'y a vraiment aucun terme à la marche de l'invention. »

13 Chemin de fer. Gravure publiée par Currier and Ives. Collection particulière.

14 New York : une rue de Broadway, 1828. Bibliothèque nationale, Paris.

15 L. Lebreton : *Arrivée du paquebot transatlantique à New York.* Château de Blérancourt.

16 Lechard : *Vue de Baltimore.* Bibliothèque nationale, Paris.

15

16

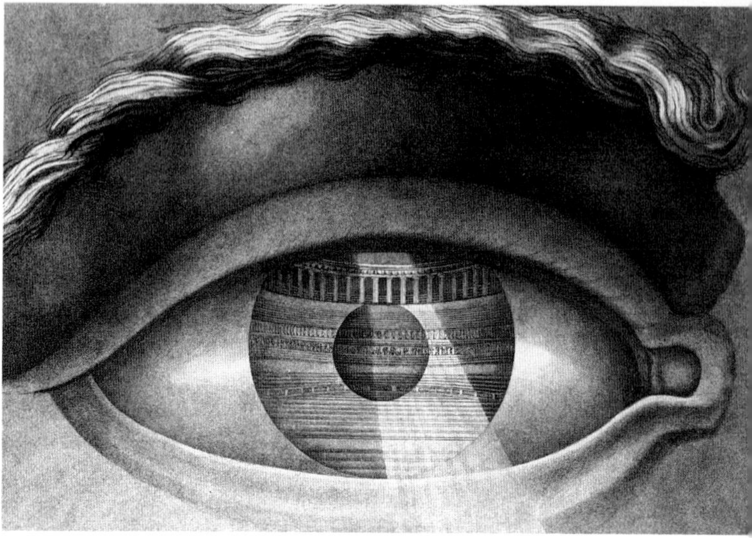

17

18

Les Lunettes : une histoire de jeux de regards et de mauvaise vue, de « coup de foudre » qui se transforme en vaudeville burlesque.

17 C. N. Ledoux : *Projet d'intérieur de théâtre*. Bibliothèque nationale, Paris.

18 A. J. Davis : *Le Bowery Theatre de New York*, 1828. Bibliothèque nationale, Paris.

9

19 Gavarni : *La loge des Bouffes*. Collection particulière.

« Une sympathie d'âme à âme, inexplicable et que je suis bien obligé de croire magnétique semblait river non seulement mon regard, mais toutes mes capacités de pensée et de sentiment sur l'admirable objet que j'avais devant moi. »

20 Le magnétisme : Angélique Cottin à l'Observatoire de Paris. Gravure, XIXe.

0

21

21 La mère de Poe, l'actrice Elizabeth Hopkins Poe.

22

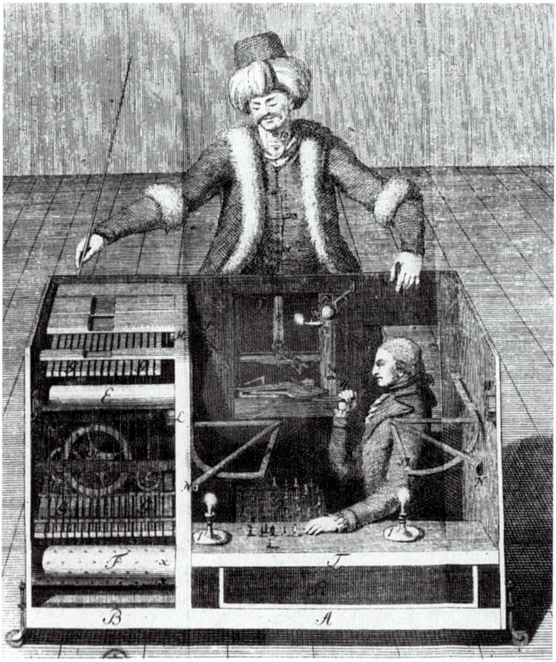

23

24

Wolfgang Von Kempelen inventa en 1769 l'« automate » joueur d'échecs. Cette machine fit le tour de l'Europe et fut introduite aux États-Unis par J. N. Maelzel. Poe en démonte la supercherie.

22 Solution proposée en 1789 par le baron de Racknitz pour le joueur d'échecs de Kempelen. Bibliothèque nationale, Paris.

23 La machine de Kempelen en 1845.

24 *Les Suppléants*, gravure, fin XVIIIe. Musée Carnavalet, Paris.

25 Le plus célèbre savant britannique du début du XIXe, Sir Humphry Davy : il découvrit le protoxyde d'azote et mit au point la fameuse « lampe Davy » qui équipe les mineurs. Détail d'une gravure, 1802.

25

26

27

28

Le 24 janvier 1848, on découvrit de l'or dans la rivière Sacramento. En deux ans, la Californie passa de 15 000 à 92 000 habitants.

26, 27, 28 Gravures sur les chercheurs d'or en Californie vers 1850.

29

30

Il n'y a pas de surnaturel. Les signes sont à déchiffrer, à ordonner autrement. Voilà ce que ne cesse de répéter Poe tout au long de ces nouvelles.

29 E. A. Poe photographié le 14 novembre 1848 par S. W. Hartshorn.

30 Sphinx tête de mort. Gravure de Lizars.

Crédits photographiques

1 : W. P. S./Artephot. 2, 9, 23, 25, 26, 30 : Mary Evans Picture Library/Explorer. 3, 14, 16, 18 : Bibliothèque nationale, Paris. 4, 8, 28 : Collection P. P. P/I. P. S. 5, 12, 24 : J. L. Charmet. 6, 15 : Dagli Orti. 7, 13 : Edimedia. 10, 11, 20, 21, 22 : Collection Viollet. 17, 19, *Couverture* : Bulloz. 27 : L'Illustration/Sygma. 29 : Explorer.

Tenez ! Regardez ! Elles me vont bien — plutôt bien — n'est-ce pas ? » Et là, après avoir donné aux verres la forme ordinaire de lunettes, je les plaçai délicatement dans la position appropriée ; tandis que Mme Simpson, ajustant son bonnet puis croisant les bras, s'asseyait droite sur son fauteuil, dans une position raide, guindée et qui, en vérité, manquait quelque peu de dignité.

« Bonté divine ! » m'écriai-je à l'instant même où la monture de ces lunettes fut posée sur mon nez — « Bonté divine ! — Eh bien, qu'est-ce que peuvent bien avoir ces verres ? » et les ôtant rapidement, je les essuyai soigneusement avec un mouchoir de soie puis je les ajustai à nouveau.

Mais si, au premier essai, il s'était produit quelque chose qui m'avait causé de la surprise, au second, cette surprise se mua en stupeur ; et cette stupeur était profonde — était extrême — je peux même dire qu'elle était horrifique. Au nom de tout ce qui est hideux, qu'est-ce que cela pouvait bien signifier ? Pouvais-je en croire mes yeux — le *pouvais-je ?* — c'était la question. Était-ce — était-ce du *rouge ?* Et étaient-ce — et étaient-ce — étaient-ce des *rides* sur le visage d'Eugénie Lalande ? Et oh ! Par Jupiter, et par chacun des dieux et des déesses, petits et grands ! — que — que — que — qu'étaient devenues ses dents ? Je jetai violemment les lunettes par terre, et me dressant d'un bond, je me tins droit au milieu de la pièce, faisant face à Mrs. Simpson, les poings aux hanches, et grimaçant et écumant,

but, at the same time, utterly speechless with terror and with rage.

Now I have already said that Madame Eugénie Lalande—that is to say, Simpson—spoke the English language but very little better than she wrote it; and for this reason she very properly never attempted to speak it upon ordinary occasions. But rage will carry a lady to any extreme; and in the present case it carried Mrs. Simpson to the very extraordinary extreme of attempting to hold a conversation in a tongue that she did not altogether understand.

"Vell, monsieur," said she, after surveying me, in great apparent astonishment, for some moments —"Vell, monsieur!—and vat den?—vat de matter now? It is de dance of de Saint Vitusse dut you ave? If not like me, vat for vy buy de pig in de poke?"

"You wretch!" said I, catching my breath— "you—you—you villainous old hag!"

"Ag?—ole?—me not so *ver* ole, after all! me not one single day more dan de eighty-doo."

"Eighty-two!" I ejaculated, staggering to the wall—"eighty-two hundred thousand baboons! The miniature said twenty-seven years and seven months!"

"To be sure!—dat is to!—ver true! but den de portraite has been take for dese fifty-five year. Ven I go marry my segonde usbande, Monsieur Lalande, at dat time I had de portrait take for my daughter by my first usbande, Monsieur Moissart!"

"Moissart!" said I.

mais en même temps absolument muet de terreur et de rage.

Or j'ai déjà dit que Mme Eugénie Lalande — c'est-à-dire Simpson — parlait la langue anglaise mais à peine mieux qu'elle ne l'écrivait ; et pour cette raison, comme il se doit, elle n'essayait jamais de la parler en temps ordinaire. Mais la colère peut porter une dame à n'importe quelle extrémité ; et dans le cas présent, elle porta Mrs. Simpson à cette très extraordinaire extrémité d'essayer de tenir une conversation dans une langue qu'elle ne comprenait pas très bien.

« Eh bien, Monsieur », dit-elle, après m'avoir examiné quelques instants avec un grand étonnement apparent — « eh bien, Monsieur ! — Eh bien quoi ? — qu'est-ce qu'il y a donc maintenant ? Est-ce que vous avez la danse de Saint-Guy ? Si je ne vous plais pas, pourquoi avoir acheté chat en poche ? »

« Misérable ! » dis-je, reprenant mon souffle, « sale — sale — sale vieille sorcière ! »

« Sorcière ? — Vieille ? — mais je ne suis pas si vieille, après tout ! je n'ai pas dépassé d'un jour les quatre-vingt-deux ans. »

« Quatre-vingt-deux ! » lançai-je, titubant vers le mur — « quatre-vingt-deux milliers de babouins ! La miniature disait vingt-sept ans et sept mois ! »

« Bien sûr ! c'est cela ! — très vrai ! mais seulement le portrait a été fait il y a cinquante-cinq ans. Lorsque j'ai épousé mon second mari, M. Lalande — à cette époque, j'ai fait faire ce portrait pour la fille que j'avais eue de mon premier mari, M. Moissart. »

« Moissart ! » dis-je.

"Yes, Moissart," said she, mimicking my pronunciation, which, to speak the truth, was none of the best; "and vat den? Vat *you* know about de Moissart?"

"Nothing, you old fright!—I know nothing about him at all; only I had an ancestor of that name, once upon a time."

"Dat name! and vat you ave for say to dat name? 'Tis ver *goot* name; and so is Voissart—dat is ver goot name too. My daughter, Mademoiselle Moissart, she marry von Monsieur Voissart; and de name is both *ver* respectaable name."

"Moissart?" I exclaimed, "and Voissart! why, what is it you mean?"

"Vat I mean?—I mean Moissart and Voissart; and for de matter of dat, I mean Croissart and Froissart, too, if I only tink proper to mean it. My daughter's daughter, Mademoiselle Voissart, she marry von Monsieur Croissart, and den agin, my daughter's grandedaughter, Mademoiselle Croissart, she marry von Monsieur Froissart; and I suppose you say dat *dat* is not von *ver* respectaable name."

"Froissart!" said I, beginning to faint, "why surely you don't say Moissart, and Voissart, and Croissart, and Froissart?"

"Yes," she replied, leaning fully back in her chair, and stretching out her lower limbs at great length; "yes, Moissart, and Voissart, and Croissart, and Froissart.

« Oui, Moissart », dit-elle, imitant ma prononciation, qui pour dire la vérité, n'était pas des meilleures ; « et alors ? que savez-vous à propos de Moissart ? »

« Rien, vieille horreur ! — Je ne sais rien du tout de lui ; seulement que j'ai eu un ancêtre de ce nom, autrefois. »

« Ce nom ! Et qu'avez-vous à dire à propos de ce nom ? c'est un nom excellent ; de même Voissart — c'est aussi un nom excellent. Ma fille, Mlle Moissart, a épousé un M. Voissart ; et ces noms sont très respectables l'un et l'autre. »

« Moissart ? m'écriai-je, et Voissart ! Eh bien, que voulez-vous dire ? »

« Ce que je veux dire ? — Je veux dire Moissart et Voissart ; et quant à cela, je veux dire Croissart et Froissart aussi, si seulement je trouve bon de le dire. La fille de ma fille, Mlle Voissart, a épousé un M. Croissart, et puis à nouveau, la petite-fille de ma fille, Mlle Croissart a épousé un M. Froissart ; et je suppose que vous allez dire que *ça,* ce n'est pas un nom *très* respectable. »

« Froissart ! dis-je, près de m'évanouir, voyons, vous ne voulez sûrement pas dire Moissart et Voissart et Croissart et Froissart ? »

« Si », répliqua-t-elle, se renversant complètement dans son fauteuil et déployant ses jambes de tout leur long ; « si, Moissart et Voissart et Croissart et Froissart.

But Monsieur Froissart, he vas von *ver* big vat you call fool—he vas von ver great big donce like yourself—for he lef *la belle France* for come to dis stupide Amérique—and ven he get here he vent and ave von *ver* stupide, von *ver*, *ver* stupide sonn, so I hear, dough I not yet av ad de plaisir to meet vid him—neither me nor my companion, de Madame Stephanie Lalande. He is name de Napoleon Bonaparte Froissart, and I suppose you say dat *dat*, too, is not von *ver* respectable name."

Either the length or the nature of this speech, had the effect of working up Mrs. Simpson into a very extraordinary passion indeed: and as she made an end of it, with great labour, she jumped up from her chair like somebody bewitched, dropping upon the floor an entire universe of bustle [1] as she jumped. Once upon her feet, she gnashed her gums, brandished her arms, rolled up her sleeves, shook her fist in my face, and concluded the performance by tearing the cap from her head, and with it an immense wig of the most valuable and beautiful black hair, the whole of which she dashed upon the ground with a yell, and there trampled and danced a fandango upon it, in an absolute ecstasy and agony of rage.

Meantime I sank aghast into the chair which she had vacated. "Moissart and Voissart!" I repeated thoughtfully, as she cut one of her pigeon-wings,

1. *Tournures :* « bustle ». Il s'agit du terme de couture désignant les coussins ou rembourrages que les dames mettaient sous leurs robes afin d'arrondir telle ou telle partie de leur corps.

Mais M. Froissard était un grand sot, comme vous dites, — c'était un grand âne comme vous-même — car il a quitté *la belle France* pour venir dans cette stupide Amérique — et lorsqu'il est arrivé ici, il a eu un fils vraiment très, très, très stupide, d'après ce que j'en ai appris, quoique je n'aie pas encore eu le plaisir de le rencontrer — ni moi ni ma compagne, Mme Stéphanie Lalande. Son nom est Napoléon Bonaparte Froissart, et je suppose que vous allez dire que *ça* non plus ce n'est pas un nom *très* respectable. »

La longueur, ou peut-être la nature de ce discours eut pour effet de déclencher chez Mrs. Simpson une crise vraiment très extraordinaire : et comme elle l'achevait, avec beaucoup de difficulté, elle sauta de son fauteuil comme une possédée, laissant choir sur le sol au moment où elle sautait tout un lot de tournures. Une fois sur ses pieds, elle grinça des gencives, allongea les bras, remonta ses manches, me menaça du poing le visage, et conclut la scène en arrachant le bonnet de sa tête, et avec lui une immense perruque composée de magnifiques cheveux noirs de la plus grande valeur, jetant tout l'ensemble sur le sol en hurlant, et là, elle le piétina et dansa dessus un fandango, au paroxysme absolu du délire et de la rage.

Entre-temps je m'étais laissé tomber accablé dans le fauteuil qu'elle venait de quitter. « Moissart et Voissart ! » répétai-je pensivement tandis qu'elle effectuait une de ses ailes-de-pigeon,

"and Croissart and Froissart!" as she completed another—"Moissart and Voissart and Croissart and Napoleon Bonaparte Froissart!—why, you ineffable old serpent, that's *me*—that's *me*—d'ye hear?—that's *me*"—here I screamed at the top of my voice—"that's *me-e-e! I* am Napoleon Bonaparte Froissart ! and if I haven't married my great, great, grandmother, I wish I may be everlastingly confounded!"

Madame Eugénie Lalande, *quasi* Simpson—formerly Moissart—was, in sober fact, my great, great, grandmother [1]. In her youth she had been beautiful, and even at eighty-two, retained the majestic height, the sculptural contour of head, the fine eyes and the Grecian nose of her girlhood. By the aid of these, of pearl-powder, of rouge, of false hair, false teeth, and false *tournure* [2], as well as of the most skilful modistes of Paris, she contrived to hold a respectable footing among the beauties *un peu passées* of the French metropolis. In this respect, indeed, she might have been regarded as little less than the equal of the celebrated Ninon De Lenclos.

She was immensely wealthy, and being left, for the second time, a widow without children, she bethought herself of my existence in America, and for the purpose of making me her heir,

1. *Arrière-arrière-grand-mère :* cette nouvelle a été en partie inspirée par un récit anonyme paru dans la *New Monthly Belle Assemblée* de Londres en 1836, et par l'histoire de Ninon de Lenclos (voir préface, p. 14).

2. *Tournure* est cité cette fois en français dans le texte.

« et Croissart et Froissart ! » tandis qu'elle en faisait une autre — « Moissart et Voissart et Croissart et Napoléon Bonaparte Froissart ! — eh bien, ineffable vieux serpent, c'est *moi*, ça — c'est *moi* — entends-tu ? — c'est *moi* » — et là je me mis à hurler à tue-tête — « c'est *moi-oi-oi !* Je suis Napoléon Bonaparte Froissart ! et si je n'ai pas épousé mon arrière-arrière-grand-mère, que je sois à tout jamais damné ! »

Mme Eugénie Lalande, *quasi* Simpson — anciennement Moissart — était, tout simplement, mon arrière-arrière-grand-mère. Dans sa jeunesse elle avait été belle et, même à quatre-vingt-deux ans, elle gardait la taille majestueuse, le contour sculptural du visage, les beaux yeux et le nez grec de son adolescence. Grâce à cela, au fard blanc, au rouge, à la perruque, aux fausses dents, et à la fausse *tournure*, et tout autant grâce aux plus habiles modistes de Paris, elle parvenait à garder un rang respectable parmi les beautés *un peu passées* de la capitale française. Dans cette mesure, on pouvait en vérité la considérer à peu près comme l'égale de la célèbre Ninon de Lenclos.

Elle était immensément riche et, restée pour la seconde fois veuve sans enfant, elle s'était souvenue de mon existence en Amérique et, dans l'intention de faire de moi son héritier,

paid a visit to the United States, in company with a distant and exceedingly lovely relative of her second husband's—a Madame Stephanie Lalande.

At the opera, my great, great, grandmother's attention was arrested by my notice; and, upon surveying me through her eye-glass, she was struck with a certain family resemblance to herself. Thus interested, and knowing that the heir she sought was actually in the city, she made inquiries of her party respecting me. The gentleman who attended her knew my person, and told her who I was. The information thus obtained induced her to renew her scrutiny; and this scrutiny it was which so emboldened me that I behaved in the absurd manner already detailed. She returned my bow, however, under the impression that, by some odd accident, I had discovered her identity. When, deceived by my weakness of vision, and the arts of the toilet, in respect to the age and charms of the strange lady, I demanded so enthusiastically of Talbot who she was, he concluded that I meant the younger beauty, as a matter of course, and so informed me, with perfect truth, that she was "the celebrated widow, Madame Lalande."

In the street, next morning, my great, great, grandmother encountered Talbot, an old Parisian acquaintance; and the conversation, very naturally, turned upon myself. My deficiencies of vision were then explained; for these were notorious, although I was entirely ignorant of their notoriety;

était venue visiter les États-Unis en compagnie d'une parente éloignée de son second mari, une extrêmement jolie femme — Mme Stéphanie Lalande.

À l'opéra, l'attention de mon arrière-arrière-grand-mère fut attirée par ma curiosité ; et, en m'observant à l'aide de son face-à-main, elle avait été frappée par un certain air de famille que j'avais avec elle. Ainsi intéressée, et sachant que l'héritier qu'elle recherchait était alors en ville, elle se renseigna auprès de son compagnon à mon sujet. Le monsieur qui l'accompagnait connaissait ma personne et lui dit qui j'étais. L'information ainsi obtenue la poussa à renouveler son examen ; et ce fut cet examen qui m'enhardit au point que je me conduisis de la manière absurde que j'ai déjà décrite. Elle me rendit mon salut cependant, avec l'impression que, par quelque étrange hasard, j'avais découvert son identité. Lorsque, trompé par le défaut de ma vue, et par les artifices de la toilette à propos de l'âge et des charmes de la dame étrangère, je demandai avec tant d'enthousiasme à Talbot qui elle était, il pensa que je voulais parler de la beauté la plus jeune, de toute évidence, et m'apprit ainsi, en toute vérité, que c'était « la célèbre veuve, Mme Lalande ».

Dans la rue, le lendemain matin, mon arrière-arrière-grand-mère rencontra Talbot, une de ses vieilles relations de Paris ; et la conversation, tout naturellement, tomba sur moi. Le défaut de ma vue fut alors expliqué ; car il était notoire, encore que je fusse tout à fait ignorant de cette notoriété ;

and my good old relative discovered, much to her chagrin that she had been deceived in supposing me aware of her identity, and that I had been merely making a fool of myself in making open love, in a theatre, to an old woman unknown. By way of punishing me for this imprudence, she concocted with Talbot a plot. He purposely kept out of my way to avoid giving me the introduction. My street inquiries about "the lovely widow, Madame Lalande," were supposed to refer to the younger lady, of course; and thus the conversation with the three gentlemen whom I encountered shortly after leaving Talbot's hotel will be easily explained, as also their allusion to Ninon De Lenclos. I had no opportunity of seeing Madame Lalande closely during daylight, and, at her musical *soirée*, my silly weakness in refusing the aid of glasses effectually prevented me from making a discovery of her age. When "Madame Lalande" was called upon to sing, the younger lady was intended; and it was she who arose to obey the call; my great, great, grandmother, to further the deception, arising at the same moment and accompanying her to the piano in the main drawing-room. Had I decided upon escorting her thither, it had been her design to suggest the propriety of my remaining where I was; but my own prudential views rendered this unnecessary. The songs which I so much admired, and which so confirmed my impression of the youth of my mistress,

et ma bonne vieille parente découvrit, à son grand dépit, qu'elle avait fait erreur en me croyant averti de son identité, et que je m'étais tout simplement conduit comme un sot en faisant ouvertement la cour, dans un théâtre, à une vieille femme inconnue. Pour me punir de cette imprudence, elle monta un complot avec Talbot. Il resta volontairement hors de ma vue pour ne pas avoir à me donner la lettre d'introduction. Mes questions dans la rue à propos de « la jolie veuve, Mme Lalande » étaient censées se référer à la dame la plus jeune, bien sûr ; et ainsi la conversation avec les trois messieurs que je rencontrai peu après avoir quitté l'hôtel de Talbot, peut s'expliquer facilement, de même que leur allusion à Ninon de Lenclos. Je n'eus aucune occasion de voir Mme Lalande de près à la lumière du jour, et, à sa *soirée* musicale, ma ridicule faiblesse de refuser l'aide des lunettes m'empêcha tout à fait de découvrir son âge. Quand on demanda à « Mme Lalande » de chanter, c'était à la jeune qu'on s'adressait ; et ce fut elle qui se leva pour répondre à la demande ; mon arrière-arrière-grand-mère, pour pousser encore plus loin la duperie, se leva au même moment et l'accompagna jusqu'au piano dans le salon principal. Si j'avais décidé de l'escorter jusque-là, elle avait l'intention de suggérer qu'il était plus convenable pour moi de rester où j'étais ; mais ma propre prudence rendit cela inutile. Les airs que j'avais tant admirés, et qui renforcèrent tellement mon impression sur la jeunesse de ma bien-aimée,

were executed by Madame Stephanie Lalande. The eye-glass was presented by way of adding a reproof to the hoax—a sting to the epigram of the deception. Its presentation afforded an opportunity for the lecture upon affectation with which I was so especially edified. It is almost superfluous to add that the glasses of the instrument, as worn by the old lady, had been exchanged by her for a pair better adapted to my years. They suited me, in fact, to a T.

The clergyman, who merely pretended to tie the fatal knot, was a boon companion of Talbot's, and no priest. He was an excellent "whip," however; and having doffed his cassock to put on a greatcoat, he drove the hack which conveyed the "happy couple" out of town. Talbot took a seat at his side. The two scoundrels were thus "in at the death," and through a half open window of the back parlour of the inn, amused themselves in grinning at the *dénouement* of the drama. I believe I shall be forced to call them both out.

Nevertheless, I am *not* the husband of my great, great, grandmother; and this is a reflection which affords me infinite relief;—but I *am* the husband of Madame Lalande—of Madame Stephanie Lalande—with whom my good old relative, besides making me her sole heir when she dies—if ever she does—has been at the trouble of concocting me a match. In conclusion: I am done for ever with *billets doux*, and am never to be met without SPECTACLES.

furent exécutés par Mme Stéphanie Lalande. Le face-à-main fut offert pour ajouter le blâme à la mystification — une façon d'aiguiser l'épigramme de la duperie. Ce don fournit l'occasion du sermon sur l'affectation qui m'avait si particulièrement édifié. Il est presque superflu d'ajouter que les verres de l'instrument porté par la vieille dame avaient été échangés par elle contre une paire mieux adaptée à mon âge. Ils m'allaient, en fait, à la perfection.

Le pasteur, qui fit seulement semblant de nouer le lien fatal, était un joyeux compagnon de Talbot, et non un prêtre. C'était par contre un excellent conducteur ; et après avoir ôté sa soutane pour enfiler une capote, il conduisit le fiacre qui emportait l' « heureux couple » hors de la ville. Talbot avait pris place à son côté. Les deux coquins étaient donc là pour « le bouquet final » et, par une fenêtre entrouverte du salon arrière de l'auberge, ils s'amusaient en ricanant du *dénouement* du drame. Je crois que je serai forcé de les provoquer tous les deux en duel.

Néanmoins, je ne suis *pas* le mari de mon arrière-arrière-grand-mère ; et c'est une pensée qui m'apporte un soulagement infini ; — mais je *suis* le mari de Mme Lalande — de Mme Stéphanie Lalande — avec qui ma bonne vieille parente, après avoir fait de moi son seul héritier lorsqu'elle mourra — si jamais cela lui arrive — s'est donné la peine de combiner une alliance. En conclusion : j'en ai fini à jamais avec les *billets doux*, et on ne me rencontre jamais plus sans LUNETTES.

Thou Art the Man
C'est toi l'homme

I will now play the Oedipus to the Rattleborough[1] enigma. I will expound to you, as I alone can, the secret of the enginery that effected the Rattleborough miracle – the one, the true, the admitted, the undisputed, the indisputable miracle, which put a definite end to infidelity among the Rattleburghers, and converted to the orthodoxy of the grandames all the carnal-minded[2] who had ventured to be sceptical before.

This event, which I should be sorry to discuss in a tone of unsuitable levity, occurred in the summer of 18—. Mr Barnabas Shuttleworthy, one of the wealthiest and most respectable citizens of the borough,

1. Les noms de Rattleborough, Shuttleworthy, Goodfellow, Pennifeather qui ont au moins en commun une caractéristique — un redoublement de consonne — sont fantaisistes. « Rattleborough » pourrait se traduire par « Cancanville », « Shuttleworthy », par « Va-et-vient », « Goodfellow » par « Bongarçon » et « Pennifeather » par « Plume-à-deux-sous ». Mais Goodfellow et Pennifeather

Je vais maintenant jouer l'Œdipe de l'énigme de Rattlebourg. Je vais vous expliquer — comme moi seul je le puis — le secret de la machinerie qui produisit le miracle de Rattlebourg — le seul, le vrai, le reconnu, l'indiscuté, l'indiscutable miracle qui mit un terme définitif à l'incroyance des Rattlebourgeois, et convertit à l'orthodoxie des vieilles dames tous les esprits charnels qui avaient auparavant été sceptiques.

Cet événement — que je m'en voudrais beaucoup de traiter sur un ton de légèreté déplacée — se produisit au cours de l'été 18—. M. Barnabas Shuttleworthy — l'un des plus riches et des plus respectables citoyens du bourg —

sont aussi des noms propres qui se rencontrent fréquemment dans les pays anglo-saxons.

2. L'expression vient de la version anglaise du Nouveau Testament. Dans un passage de l'Épître aux Romains on peut lire : « Car la pensée de la chair est la mort » (Romains, 8, 6).

had been missing for several days under circumstances which gave rise to suspicion of foul play. Mr Shuttleworthy had set out from Rattleborough very early one Saturday morning, on horseback, with the avowed intention of proceeding to the city of—, about fifteen miles distant, and of returning the night of the same day. Two hours after his departure, however, his horse returned without him, and without the saddle-bags which had been strapped on his back at starting. The animal was wounded, too, and covered with mud. These circumstances naturally gave rise to much alarm among the friends of the missing man; and when it was found, on Sunday morning, that he had not yet made his appearance, the whole borough arose *en masse* to go and look for his body.

The foremost and most energetic in instituting this search was the bosom friend of Mr Shuttleworthy – a Mr Charles Goodfellow, or, as he was universally called, "Charley Goodfellow", or "Old Charley Goodfellow". Now, whether it is a marvellous coincidence, or whether it is that the name itself has an imperceptible effect upon the character, I have never yet been able to ascertain; but the fact is unquestionable that there never yet was any person named Charles who was not an open, manly, honest, good-natured, and frank-hearted fellow, with a rich, clear voice, that did you good to hear it, and an eye that looked you always straight in the face, as much as to say, "I have a clear conscience myself; am afraid of no man,

avait disparu depuis plusieurs jours dans des circonstances qui portaient à imaginer quelque mauvais coup. M. Shuttleworthy avait quitté Rattlebourg très tôt un samedi matin, à cheval, avec l'intention déclarée de se rendre à la ville de—, éloignée d'environ quinze milles, et de revenir le soir même. Deux heures après son départ, cependant, son cheval revint sans lui et sans les sacoches de selle dont il avait été harnaché au départ. De plus, l'animal était blessé et couvert de boue. Naturellement, ces circonstances provoquèrent beaucoup d'émotion parmi les amis du disparu ; et quand, le dimanche matin, on s'aperçut qu'il n'avait toujours pas reparu, tout le bourg s'apprêta à partir *en masse* à la recherche de son corps.

Le tout premier et le plus énergique dans l'organisation de ces recherches ce fut le meilleur ami de M. Shuttleworthy — un certain M. Charles Goodfellow, ou plutôt, comme tout le monde l'appelait, « Charlie Goodfellow », ou « le vieux Charlie Goodfellow ». Or, qu'il s'agisse là d'une merveilleuse coïncidence ou bien que le nom lui-même ait une imperceptible influence sur le caractère, je n'ai jamais pu en décider ; mais le fait est incontestable, on n'a encore jamais vu quelqu'un prénommé Charles qui ne fût un type ouvert, humain, honnête, accommodant et franc, possédant une voix riche et claire qui vous fait du bien rien qu'à l'entendre, et des yeux qui vous regardent toujours droit en face comme pour dire « J'ai moi-même la conscience tranquille, n'ai peur de personne,

am altogether above doing a mean action." And thus all the hearty, careless, "walking gentlemen" of the stage are very certain to be called Charles.

Now, "Old Charley Goodfellow", although he had been in Rattleborough no longer than six months or thereabouts, and although nobody knew anything about him before he came to settle in the neighborhood, had experienced no difficulty in the world in making the acquaintance of all the respectable people in the borough. Not a man of them but would have taken his bare word for a thousand at any moment; and as for the women, there is no saying what they would not have done to oblige him. And all this came of his having been christened Charles, and of his possessing, in consequence, that ingenuous face which is proverbially the very "best letter of recommendation [1]".

I have already said, that Mr Shuttleworthy was one of the most respectable men, and, undoubtedly, he was the most wealthy man, in Rattleborough, while "Old Charley Goodfellow" was upon as intimate terms with him as if he had been his own brother. The two old gentlemen were next-door neighbors, and, although Mr Shuttleworthy seldom, if ever, visited "Old Charley", and never was known to take a meal in his house, still this did not prevent the two friends from being exceedingly intimate, as I have just observed;

1. Allusion au proverbe anglais « A good face is a letter of recommendation » (XVIIe siècle).

et suis incapable de commettre une mauvaise action. » Et ainsi, à la scène, tous les « batteurs d'estrade » cordiaux et insouciants, on peut être absolument certain qu'ils s'appellent Charles.

Donc, le « Vieux Charlie Goodfellow », quoiqu'il n'habitât à Rattlebourg que depuis environ six mois, et quoique personne ne sût rien de lui avant qu'il ne vînt s'installer dans le voisinage, n'avait pas eu la moindre difficulté à lier connaissance avec tous les gens respectables du bourg. Pas une de ces personnes qui ne lui aurait, à n'importe quel moment, avancé un millier de dollars sur sa simple parole ; et quant aux femmes, il est impossible de dire ce qu'elles n'auraient pas fait pour l'obliger. Et tout cela venait de ce qu'il avait été baptisé Charles et qu'il possédait, en conséquence, ce visage franc qui est proverbialement la « meilleure lettre de recommandation ».

J'ai déjà dit que M. Shuttleworthy était un des hommes les plus respectables de Rattlebourg, et, indiscutablement, il était le plus riche, et j'ai dit aussi que « le vieux Charlie Goodfellow » avait avec lui des relations aussi intimes que s'il eût été son propre frère. Les deux vieux messieurs étaient voisins et, bien que M. Shuttleworthy ne rendît visite que rarement, et même jamais, au « Vieux Charlie » et qu'on ne l'eût jamais vu prendre de repas chez lui, cela n'empêchait pas les deux amis d'être extrêmement intimes, comme je viens de le noter ;

for "Old Charley" never let a day pass without stepping in three or four times to see how his neighbor came on, and very often he would stay to breakfast or tea, and almost always to dinner; and then the amount of wine that was made way with by the two cronies at a sitting, it would really be a difficult thing to ascertain. Old Charley's favorite beverage was Château Margaux, and it appeared to do Mr Shuttleworthy's heart good to see the old fellow swallow it, as he did, quart after quart; so that one day, when the wine was in, and the wit, as a natural consequence, somewhat out, he said to his crony, as he slapped him upon the back – "I tell you what it is, Old Charley, you are, by all odds, the heartiest old fellow I ever came across in all my born days; and, since you love to guzzle the wine at that fashion, I'll be darned if I don't have to make thee a present of a big box of the Château Margaux. Od rot me," — (Mr Shuttleworthy had a sad habit of swearing, although he seldom went beyond "Od rot me", or "By gosh," or "By the jolly golly") – "Od rot me," says he, "if I don't send an order to town this very afternoon for a double box of the best that can be got, and I'll make ye a present of it, I will – ye needn't say a word now – I *will*, I tell ye, and there's an end of it; so look out for it – it will come to hand some of these fine days, precisely when ye are looking for it the least!"

car le « Vieux Charlie » ne laissait jamais passer un jour sans entrer trois ou quatre fois voir comment allait son voisin, et très souvent il restait pour le déjeuner ou pour le thé, et presque toujours pour le dîner ; et alors, il aurait été vraiment difficile d'évaluer la quantité de vin qu'ingurgitaient en une séance les deux compères. Le cru favori du « Vieux Charlie » était le château-margaux, et M. Shuttleworthy semblait se réjouir de voir le bonhomme en avaler litre après litre ; si bien qu'un jour, alors que le vin était *entré* et que l'esprit, par une conséquence naturelle, était quelque peu *sorti*, il dit à son compère en lui donnant une claque dans le dos : « Je vais te dire quelque chose, " Vieux Charlie ", tu es, à tous égards, le meilleur type que j'aie jamais rencontré depuis ma naissance ; et puisque tu aimes tant que ça lamper du vin, je veux bien être damné si je ne te fais pas cadeau d'une grande caisse de château-margaux. Dieu me damne », — (M. Shuttleworthy avait la triste habitude de jurer, quoiqu'il n'allât que rarement au-delà de « Dieu me damne », ou « Par Dieu », ou « Nom de Dieu ») — « Dieu me damne, dit-il, si je ne passe commande en ville dès cet après-midi d'une double caisse du meilleur qu'on puisse trouver pour t'en faire cadeau, oui ! — inutile de dire un mot maintenant — je vais le faire, te dis-je, c'est une affaire réglée ; tu peux donc y compter — elle arrivera un beau jour juste au moment où tu t'y attendras le moins ! »

I mention this little bit of liberality on the part of Mr Shuttleworthy, just by way of showing you how *very* intimate an understanding existed between the two friends.

Well, on the Sunday morning in question, when it came to be fairly understood that Mr Shuttleworthy had met with foul play, I never saw any one so profoundly affected as "Old Charley Goodfellow". When he first heard that the horse had come home without his master, and without his master's saddle-bags, and all bloody from a pistol-shot that had gone clean through and through the poor animal's chest without quite killing him – when he heard all this, he turned as pale as if the missing man had been his own dear brother or father, and shivered and shook all over as if he had a fit of the ague.

At first, he was too much overpowered with grief to be able to do anything at all, or to decide upon any plan of action; so that for a long time he endeavored to dissuade Mr Shuttleworthy's other friends from making a stir about the matter, thinking it best to wait awhile – say for a week or two, or a month or two – to see if something wouldn't turn up, or if Mr Shuttleworthy wouldn't come in the natural way, and explain his reasons for sending his horse on before. I dare say you have often observed this disposition to temporize, or to procrastinate, in people who are laboring under any very poignant sorrow. Their powers of mind seem to be rendered torpid,

Je mentionne ce petit bout de libéralité de la part de M. Shuttleworthy, simplement pour vous montrer quelle très grande intimité existait entre les deux amis.

Eh bien, le dimanche matin en question, lorsqu'on finit par se douter que M. Shuttleworthy avait été victime d'un guet-apens, jamais je ne vis quelqu'un d'aussi profondément affecté que le « Vieux Charlie Goodfellow ». Lorsqu'il apprit d'abord que le cheval était rentré sans son maître, et sans les sacoches de son maître, et tout ensanglanté par un coup de pistolet qui avait traversé de part en part le poitrail du pauvre animal sans le tuer tout à fait — quand il apprit tout cela, il devint pâle comme si le disparu avait été son propre frère ou son père bien-aimé, et il frissonna puis se mit à trembler comme s'il était en proie à un accès de fièvre.

Tout d'abord, il fut bien trop accablé de chagrin pour être en mesure de faire quoi que ce soit ou pour décider d'un plan d'action ; si bien que pendant un long moment, il s'efforça de dissuader les autres amis de M. Shuttleworthy de donner du retentissement à l'affaire, pensant qu'il valait mieux attendre un peu — par exemple une semaine ou deux, voire un mois ou deux — pour voir si rien de nouveau ne se produisait, ou si M. Shuttleworthy ne revenait pas tout naturellement expliquer quelles raisons il avait eues de renvoyer d'abord son cheval. Je suis sûr que vous avez souvent observé cette tendance à temporiser, ou à remettre à plus tard, qu'ont les gens en proie à un très poignant chagrin. Leurs facultés mentales semblent avoir été engourdies,

so that they have a horror of anything like action, and like nothing in the world so well as to lie quietly in bed and "nurse their grief", as the old ladies express it – that is to say, ruminate over their trouble.

The people of Rattleborough had, indeed, so high an opinion of the wisdom and discretion of "Old Charley" that the greater part of them felt disposed to agree with him, and not make a stir in the business "until something should turn up", as the honest old gentleman worded it; and I believe that, after all, this would have been the general determination, but for the very suspicious interference of Mr Shuttleworthy's nephew, a young man of very dissipated habits, and otherwise of rather bad character. This nephew, whose name was Pennifeather, would listen to nothing like reason in the matter of "lying quiet", but insisted upon making immediate search for the "corpse of the murdered man". This was the expression he employed; and Mr Goodfellow acutely remarked at the time, that it was "a *singular* expression, to say no more". This remark of "Old Charley's", too, had great effect upon the crowd; and one of the party was heard to ask, very impressively, "how it happened that young Mr Pennifeather was so intimately cognizant of all the circumstances connected with his wealthy uncle's disappearance as to feel authorized to assert, distinctly and unequivocally, that his uncle *was* 'a murdered man'."

au point qu'ils ont en horreur tout ce qui ressemble à de l'action, et n'aiment rien tant au monde que de rester tranquillement au lit pour « soigner leur peine », comme disent les vieilles dames — c'est-à-dire pour ruminer leur souci.

En fait, les gens de Rattlebourg avaient une si haute opinion de la perspicacité et du jugement du « Vieux Charlie » que la plupart d'entre eux se sentaient disposés à l'approuver, et à ne pas bouger dans cette affaire « avant que quelque chose ne se produisît », ainsi que le formula le brave vieux monsieur; et je crois qu'après tout c'eût été la détermination générale sans l'intervention fort suspecte du neveu de M. Shuttleworthy, un jeune homme de mœurs très dissipées et par ailleurs de réputation douteuse. Ce neveu dont le nom était Pennifeather, ne voulut rien entendre pour ce qui était de « rester tranquille », mais insista pour qu'on partît immédiatement à la recherche du « corps de l'homme assassiné ». Ce fut l'expression qu'il employa; et M. Goodfellow remarqua alors avec perspicacité que c'était « une *singulière* expression, pour ne pas dire plus ». Aussi cette remarque du « Vieux Charlie » fut-elle d'un grand effet sur la foule; et l'on entendit quelqu'un dans l'assemblée demander très solennellement « comment il se faisait que le jeune M. Pennifeather pût connaître avec tant de précision toutes les circonstances entourant la disparition de son riche oncle, au point de se sentir autorisé à affirmer, distinctement et sans équivoque, que son oncle *était* " un homme assassiné " ».

Hereupon some little squibbing and bickering occurred among various members of the crowd, and especially between "Old Charley" and Mr Pennifeather – although this latter occurrence was, indeed, by no means a novelty, for little good-will had subsisted between the parties for the last three or four months; and matters had even gone so far that Mr Pennifeather had actually knocked down his uncle's friend for some alleged excess of liberty that the latter had taken in the uncle's house, of which the nephew was an inmate. Upon this occasion, "Old Charley" is said to have behaved with exemplary moderation and Christian charity. He arose from the blow, adjusted his clothes, and made no attempt at retaliation at all – merely muttering a few words about "taking summary vengeance at the first convenient opportunity", – a natural and very justifiable ebullition of anger, which meant nothing, however, and beyond doubt was no sooner given vent to than forgotten.

However these matters may be (which have no reference to the point now at issue), it is quite certain that the people of Rattleborough, principally through the persuasion of Mr Pennifeather, came at length to the determination of dispersing over the adjacent country in search of the missing Mr Shuttleworthy. I say they came to this determination in the first instance. After it had been fully resolved that a search should be made,

Là-dessus, il y eut quelques railleries et quelques chamailleries entre diverses personnes du groupe, et en particulier entre le « Vieux Charlie » et M. Pennifeather — mais cet incident-là ne fut pourtant en rien une nouveauté, car la bonne entente n'avait guère régné entre les deux parties au cours des trois ou quatre derniers mois ; et les choses en étaient même arrivées si loin que M. Pennifeather avait carrément renversé d'un coup de poing l'ami de son oncle prétextant quelque excès de liberté que celui-ci avait pris dans la maison de l'oncle où le neveu logeait. On disait même qu'en cette occasion le « Vieux Charlie » avait fait preuve d'une modération et d'une charité chrétienne exemplaires. Il se releva après le coup, rajusta ses vêtements, et ne fit aucune tentative de représailles — se bornant à murmurer quelques mots comme « aurai une vengeance sommaire à la première occasion » — une bouffée de colère naturelle et fort justifiable, qui ne voulait rien dire, cependant, et qui, sans doute, fut à peine manifestée qu'aussitôt oubliée.

Quoi qu'il en soit de ces questions (qui n'ont pas de rapport avec la présente affaire), il est bien certain que les gens de Rattlebourg, surtout persuadés par M. Pennifeather, se déterminèrent à la longue à se disperser dans la campagne environnante à la recherche de M. Shuttleworthy, le disparu. Je dis que c'est à cela d'abord qu'ils se déterminèrent. Après qu'on eut unanimement décidé qu'une recherche devait être entreprise,

it was considered almost a matter of course that the seekers should disperse – that is to say, distribute themselves in parties – for the more thorough examination of the region round about. I forget, however, by what ingenious train of reasoning it was that "Old Charley" finally convinced the assembly that this was the most injudicious plan that could be pursued. Convince them, however, he did – all except Mr Pennifeather; and, in the end, it was arranged that a search should be instituted, carefully and very thoroughly, by the burghers *en masse*, "Old Charley" himself leading the way.

As for the matter of that, there could have been no better pioneer than "Old Charley", whom everybody knew to have the eye of a lynx; but, although he led them into all manner of out-of-the-way holes and corners, by routes that nobody had ever suspected of existing in the neighborhood, and although the search was incessantly kept up day and night for nearly a week, still no trace of Mr Shuttleworthy could be discovered. When I say no trace, however, I must not be understood to speak literally; for trace, to some extent, there certainly was. The poor gentleman had been tracked, by his horse's shoes (which were peculiar), to a spot about three miles to the east of the borough, on the main road leading to the city. Here the track made off into a by-path through a piece of woodland – the path coming out again into the main road,

on considéra presque comme évident que les chercheurs se disperseraient — c'est-à-dire se diviseraient en groupes — afin d'effectuer une fouille plus complète de la région environnante. J'oublie cependant par quelle ingénieuse suite de raisonnements, le « Vieux Charlie » convainquit en fin de compte l'assemblée que c'était le plan le moins judicieux que l'on pût suivre. Toujours est-il qu'il les convainquit — tous, sauf M. Pennifeather; et, à la fin, on décida qu'une recherche soigneuse et très méticuleuse serait faite par les villageois *en masse*, le « Vieux Charlie » lui-même en prenant la direction.

Quant à cela, on n'aurait pu trouver meilleur guide que le « Vieux Charlie » dont chacun savait qu'il avait un œil de lynx, mais quoiqu'il les conduisît dans toutes sortes de trous et de recoins écartés, par des routes dont personne n'avait jamais soupçonné l'existence dans les environs, et quoique les recherches fussent menées en permanence jour et nuit pendant près d'une semaine, nulle trace de M. Shuttleworthy ne put être découverte. Quand je dis nulle trace, on ne doit cependant pas prendre ce que je dis à la lettre; car des traces, dans une certaine mesure, il y en avait bien. Le pauvre monsieur avait été suivi, grâce aux fers de son cheval (qui étaient caractéristiques) jusqu'en un point situé à environ trois milles à l'est du bourg, sur la grand-route menant à la ville. Là, la piste bifurquait et passait par un sentier qui traversait un bois — le sentier débouchait à nouveau sur la grand-route,

and cutting off about half a mile of the regular distance. Following the shoe-marks down this lane, the party came at length to a pool of stagnant water, half hidden by the brambles to the right of the lane, and opposite this pool all vestige of the track was lost sight of. It appeared, however, that a struggle of some nature had here taken place, and it seemed as if some large and heavy body, much larger and heavier than a man, had been drawn from the by-path to the pool. This latter was carefully dragged twice, but nothing was found; and the party were upon the point of going away, in despair of coming to any result, when Providence suggested to Mr Goodfellow the expediency of draining the water off altogether. This project was received with cheers, and many high compliments to "Old Charley" upon his sagacity and consideration. As many of the burghers had brought spades with them, supposing that they might possibly be called upon to disinter a corpse, the drain was easily and speedily effected; and no sooner was the bottom visible, than right in the middle of the mud that remained was discovered a black silk velvet waistcoat, which nearly everyone present immediately recognized as the property of Mr Pennifeather. This waistcoat was much torn and stained with blood[1],

1. Il semble douteux qu'un gilet ayant séjourné au fond d'un étang puisse être encore « maculé de sang ».

et permettait ainsi un raccourci d'environ un demi-mille par rapport à la distance normale. En suivant les empreintes de sabots le long de ce sentier, le groupe arriva enfin à un étang d'eau stagnante, à demi caché par les ronces sur la droite du sentier, et, en face de cet étang, disparaissait tout vestige de la piste. Il apparut cependant qu'une sorte de lutte avait eu lieu là, et il semblait qu'un corps grand et lourd, beaucoup plus grand et beaucoup plus lourd qu'un homme, avait été traîné depuis le sentier jusqu'à l'étang. Ce dernier fut soigneusement dragué deux fois mais on ne trouva rien ; et le groupe était prêt à repartir, désespérant de parvenir à aucun résultat, lorsque la Providence souffla à M. Goodfellow qu'il serait opportun de drainer l'eau complètement. Ce projet fut accueilli par des bravos et par maints compliments sur la perspicacité et sur le sérieux du « Vieux Charlie ». Comme de nombreux citoyens avaient apporté des pelles avec eux, le drainage fut facilement et rapidement exécuté ; et le fond ne fut pas plus tôt visible qu'on découvrit au beau milieu de la vase qui restait un gilet de velours de soie noir que presque tous les gens présents reconnurent aussitôt comme appartenant à M. Pennifeather. Ce gilet était tout déchiré et maculé de sang,

and there were several persons among the party who had a distinct remembrance of its having been worn by its owner on the very morning of Mr Shuttleworthy's departure for the city; while there were others, again, ready to testify upon oath, if required, that Mr P. did *not* wear the garment in question at any period during the *remainder* of that memorable day; nor could anyone be found to say that he had seen it upon Mr P.'s person at any period at all subsequent to Mr Shuttleworthy's disappearance.

Matters now wore a very serious aspect for Mr Pennifeather, and it was observed, as an indubitable confirmation of the suspicions which were excited against him, that he grew exceedingly pale, and, when asked what he had to say for himself, was utterly incapable of saying a word. Hereupon, the few friends his riotous mode of living had left him deserted him at once to a man, and were even more clamorous than his ancient and avowed enemies for his instantaneous arrest. But, on the other hand, the magnanimity of Mr Goodfellow shone forth with only the more brilliant lustre through contrast. He made a warm and intensely eloquent defence of Mr Pennifeather, in which he alluded more than once to his own sincere forgiveness of that wild young gentleman – "the heir of the worthy Mr Shuttleworthy", – for the insult which he (the young gentleman) had, no doubt in the heat of passion, thought proper to put upon him (Mr Goodfellow).

et il y eut plusieurs personnes dans le groupe pour se souvenir nettement que son propriétaire le portait le matin même du départ de M. Shuttleworthy pour la ville; il y en eut même d'autres encore, prêtes à témoigner sous serment, si on le leur demandait, que M. P. ne portait *pas* le vêtement en question pendant tout le *reste* de cette journée mémorable; et, en outre, il ne s'en trouva pas une pour dire qu'elle l'avait vu sur la personne de M. P. à quelque moment que ce fût depuis la disparition de M. Shuttleworthy.

Les choses avaient maintenant pris une tournure sérieuse pour M. Pennifeather, et l'on constata, comme une confirmation absolue des soupçons qui pesaient sur lui, qu'il était devenu excessivement pâle et, lorsqu'on lui demanda ce qu'il avait à dire pour sa défense, il fut absolument incapable de dire un mot. Sur quoi, les rares amis que son mode de vie dissipé lui avait laissés l'abandonnèrent aussitôt jusqu'au dernier et se firent même plus braillards encore que ses ennemis anciens et déclarés pour demander son arrestation immédiate. Mais alors, d'un autre côté, la magnanimité de M. Goodfellow, par contraste, en resplendit avec le plus grand éclat. Il se lança dans un plaidoyer chaleureux et d'une vive éloquence en faveur de M. Pennifeather, plaidoyer dans lequel il fit plus d'une fois allusion au pardon qu'il avait lui-même accordé à ce fougueux jeune homme — « l'héritier du riche M. Shuttleworthy » — pour l'insulte que lui (le jeune monsieur) avait, sans doute dans l'emportement de la passion, cru bon de lui infliger à lui (M. Goodfellow).

"He forgave him for it," he said, "from the very bottom of his heart; and for himself (Mr Goodfellow), so far from pushing the suspicious circumstances to extremity, which, he was sorry to say, really *had* arisen against Mr Pennifeather, he (Mr Goodfellow) would make every exertion in his power, would employ all the little eloquence in his possession to – to – to – soften down, as much as he could conscientiously do so, the worst features of this really exceedingly perplexing piece of business."

Mr Goodfellow went on for some half-hour longer in this strain, very much to the credit both of his head and of his heart; but your warm-hearted people are seldom apposite in their observations – they run into all sorts of blunders, *contretemps*, and *mal-à-proposisms*, in the hot-headedness of their zeal to serve a friend – thus, often with the kindest of intentions in the world, doing infinitely more to prejudice his cause than to advance it.

So, in the present instance, it turned out with all the eloquence of "Old Charley"; for, although he labored earnestly in behalf of the suspected, yet it so happened, somehow or other, that every syllable he uttered of which the direct but unwitting tendency was not to exalt the speaker in the good opinion of his audience, had the effect of deepening the suspicion already attached to the individual whose cause he pleaded, and of arousing against him the fury of the mob.

« Il la lui avait pardonnée, dit-il, du plus profond du cœur ; et quant à lui (M. Goodfellow), bien loin de pousser jusqu'à cette extrémité les soupçons qui, il était désolé de le constater, s'étaient véritablement accumulés contre M. Pennifeather, lui (M. Goodfellow) ferait tous les efforts qu'il pourrait, emploierait toute la faible éloquence qu'il possédait, pour — pour — pour — adoucir autant qu'il pourrait en toute conscience le faire les pires aspects de cette affaire en vérité extrêmement troublante. »

M. Goodfellow continua pendant près d'une demi-heure sur ce ton, tout à l'honneur de son esprit et de son cœur ; mais les gens au grand cœur sont rarement pertinents dans leurs remarques — dans l'impétuosité de leur zèle à servir un ami, ils se précipitent dans toutes sortes de gaffes, de *contretemps* et de *mal à propos-ismes* — et ainsi, souvent avec les meilleures intentions du monde, ils font infiniment plus pour nuire à sa cause que pour la faire avancer.

C'est, dans le cas présent, ce qui se produisit avec l'éloquence du « Vieux Charlie » ; car, bien qu'il fît de sérieux efforts en faveur du suspect, il se trouva pourtant que d'une façon ou d'une autre chaque syllabe qu'il prononçait, dont le but direct mais inconscient était de ne pas flatter la bonne opinion de l'auditoire vis-à-vis de l'orateur, avait pour effet d'augmenter les soupçons pesant déjà sur l'individu dont il plaidait la cause et de soulever contre lui la fureur de la foule.

One of the most unaccountable errors committed by the orator was his allusion to the suspected as "the heir of the worthy old gentleman, Mr Shuttleworthy". The people had really never thought of this before. They had only remembered certain threats of disinheritance uttered a year or two previously by the uncle (who had no living relative except the nephew); and they had, therefore, always looked upont his disinheritance as a matter that was settled – so single-minded a race of beings were the Rattleburghers; but the remark of "Old Charley" brought them at once to a consideration of this point, and thus gave them to see the possibility of the threats having been nothing *more* than a threat. And straightway, hereupon, arose the natural question of *cui bono*[1]*?* – a question that tended even more than the waistcoat to fasten the terrible crime upon the young man. And here, lest I be misunderstood, permit me to digress for one moment merely to observe that the exceedingly brief and simple Latin phrase, which I have employed, is invariably mistranslated and misconceived. "*Cui bono*", in all the crack novels and elsewhere, – in those of Mrs Gore[2], for example (the author of *Cecil*), a lady who quotes all tongues from the Chaldaean to Chickasaw[3], and is helped to her learning, "as needed", upon a systematic plan,

1. *Cui bono ?* La question de Cicéron dans sa plaidoirie *Pro Roscio Amerino*, 30, 84. L'analyse qu'en fait Poe est exacte.
2. *Catherine Gore* (1799-1861) avait publié *Cecil* en 1841. Les

L'une des erreurs les plus inexplicables que commit l'orateur fut de faire allusion au suspect en tant qu' « héritier de l'honorable vieux monsieur, M. Shuttle worthy ». Les gens n'y avaient encore jamais vraiment pensé. Ils se rappelaient seulement certaines menaces de déshéritement proférées ou ou deux ans auparavant par l'oncle (qui n'avait d'autre parent vivant que son neveu), et ils avaient donc toujours considéré ce déshéritement comme une affaire conclue — c'est dire combien les Rattlebourgeois étaient une race d'êtres naïfs; mais la remarque du « Vieux Charlie » les amena d'un coup à réviser ce point de vue et leur permit d'envisager la probabilité que les menaces n'aient été rien de *plus* que des menaces. Et alors se posa aussitôt la question fondamentale du *cui bono?* — une question qui, bien plus encore que le gilet, poussait à imputer le terrible crime au jeune homme. Et ici, de crainte d'être mal compris, permettez-moi un moment de digression juste afin d'observer que la locution latine extrêmement brève et simple que je viens d'employer est invariablement mal traduite et mal comprise : « *Cui bono?* » dans tous les romans célèbres et aussi ailleurs — par exemple dans ceux de Mme Gore (l'auteur de *Cecil*), une dame qui fait des citations dans toutes les langues depuis le chaldéen jusqu'au chickasaw, et dont l'érudition est soutenue « à la demande », selon un plan systématique,

allusions de Poe rappellent que cette romancière britannique avait été accusée d'avoir plagié le *Vathek* de William Beckford.

3. *Chickasaw :* une tribu indienne des États-Unis.

by Mr Beckford, – in *all* the crack novels, I say, from those of Bulwer and Dickens to those of Turnapenny [1] and Ainsworth, the two little Latin words *cui bono* are rendered "to what purpose", or (as if *quo bono*), "to what good". Their true meaning, nevertheless, is "for whose advantage". *Cui*, to whom; *bono*, is it for a benefit. It is a purely legal phrase, and applicable precisely in cases such as we have now under consideration, where the probability of the doer of a deed hinges upon the probability of the benefit accruing to this individual or to that from the deed's accomplishment. Now, in the present instance, the question *cui bono* very pointedly implicated Mr Pennifeather. His uncle had threatened him, after making a will in his favor, with disinheritance. But the threat had not been actually kept; the original will, it appeared, had not been altered. *Had* it been altered, the only supposable motive for murder on the part of the suspected would have been the ordinary one of revenge; and even this would have been counteracted by the hope of reinstation into the good graces of the uncle. But the will being unaltered, while the threat to alter remained suspended over the nephew's head,

1. « Turnapenny » peut se traduire par « Tire-à-la-ligne ». Les autres sont d'authentiques écrivains de l'époque. Edward George Bulwer-Lytton (1803-1873), l'auteur des *Derniers Jours de Pompéi,* est un écrivain que Poe a cité maintes fois et qu'il a imité dans plusieurs de ses nouvelles. Poe avait rencontré Dickens, que *Pickwick* et *Oliver*

par M. Beckford — dans tous les romans célèbres, dis-je, depuis ceux de Bulwer et de Dickens jusqu'à ceux de Tiralaligne et d'Ainsworth, les deux petits mots latins *cui bono* sont traduits par « dans quelle intention ? » ou encore (comme si c'était *quo bono*), « pour quel bien ? » Toutefois leur vrai sens est « à l'avantage de qui ? » *Cui,* à qui ; *bono,* le bénéfice. C'est une phrase purement légale et précisément applicable dans des cas comme celui que nous sommes en train d'examiner, là où la probabilité que quelqu'un soit l'auteur d'un acte dépend de la probabilité des bénéfices que tel ou tel individu retirera de l'accomplissement de l'acte. Or, dans le cas présent, la question *Cui bono ?* impliquait très précisément M. Pennifeather. Après avoir fait un testament en sa faveur, son oncle l'avait menacé de le déshériter. Mais la menace n'avait pas vraiment été suivie d'effet ; le testament original, ainsi qu'il apparut, n'avait pas été modifié. S'il *l'avait été,* le seul mobile de meurtre imputable au suspect eût été la banale vengeance ; et même ceci eût été contrebalancé par l'espoir d'un retour dans les bonnes grâces de l'oncle. Mais le testament n'ayant pas été modifié, alors que la menace de modification restait suspendue au-dessus de la tête du neveu,

Twist avaient rendu célèbre très jeune, lors du voyage de l'écrivain aux États-Unis (1842). Quant à William Harrison Ainsworth (1805-1882), c'est un auteur de romans noirs dans la lignée gothique de Matthew G. Lewis et Ann Radcliffe. Poe en fait même un des personnages de *Hans Pfaall.*

there appears at once the very strongest possible inducement of the atrocity: and so concluded, very sagaciously, the worthy citizens of the borough of Rattle.

Mr Pennifeather was, accordingly, arrested upon the spot, and the crowd, after some farther search, proceeded homewards, having him in custody. On the route, however, another circumstance occurred tending to confirm the suspicion entertained. Mr Goodfellow, whose zeal led him to be always a little in advance of the party, was seen suddenly to run forward a few paces, stoop, and then apparently to pick up some small object from the grass. Having quickly examined it, he was observed, too, to make a sort of half attempt at concealing it in his coat pocket; but this action was noticed, as I say, and consequently prevented, when the object picked up was found to be a Spanish knife which a dozen persons at once recognized as belonging to Mr Pennifeather. Moreover, his initials were engraved upon the handle. The blade of this knife was open and bloody.

No doubt now remained of the guilt of the nephew, and immediately upon reaching Rattleborough he was taken before a magistrate for examination.

Here matters again took a most favorable turn. The prisoner, being questioned as to his whereabouts on the morning of Mr Shuttleworthy's disappearance,

il en découlait immédiatement la présomption de crime la plus élevée possible ; et ainsi en conclurent, très sagement, les dignes citoyens du bourg de Rattle.

M. Pennifeather fut, en conséquence, arrêté sur-le-champ, et la foule, après quelques autres recherches, rentra en le tenant sous bonne garde. En route cependant, il se produisit un autre incident qui tendit à confirmer les soupçons déjà amorcés. On vit soudain M. Goodfellow que son zèle conduisait à être toujours un peu en avance sur le groupe, courir soudain quelques pas en avant, se baisser et puis ramasser visiblement dans l'herbe quelque petit objet. On remarqua aussi qu'après l'avoir rapidement examiné, il amorçait un geste pour le cacher dans la poche de sa veste ; mais ce geste fut remarqué, comme je le disais, et donc empêché, et l'objet recueilli s'avéra alors être un couteau espagnol qu'une douzaine de personnes reconnurent aussitôt comme appartenant à M. Pennifeather. D'ailleurs, ses initiales étaient gravées sur le manche. La lame de ce couteau était ouverte et tachée de sang.

Il ne subsistait désormais plus aucun doute quant à la culpabilité du neveu, et, dès qu'on arriva à Rattlebourg, il fut amené devant un juge pour être interrogé.

Ici encore, les choses prirent un tour très défavorable. Le prisonnier, questionné sur l'emploi de son temps le matin de la disparition de M. Shuttleworthy,

had absolutely the audacity to acknowledge that on that very morning he had been out with his rifle deer-stalking, in the immediate neighbourhood of the pool where the blood-stained waistcoat had been discovered through the sagacity of Mr Goodfellow.

This latter now came forward, and, with tears in his eyes, asked permission to be examined. He said that a stern sense of the duty he owed his Maker, not less than his fellow-men, would permit him no longer to remain silent. Hitherto, the sincerest affection for the young man (notwithstanding the latter's ill-treatment of himself, Mr Goodfellow) had induced him to make every hypothesis which imagination could suggest, by way of endeavoring to account for what appeared suspicious in the circumstances that told so seriously against Mr Pennifeather; but these circumstances were now altogether *too* convincing — too damning; he would hesitate no longer – he would tell all he knew, although his heart (Mr Goodfellow's) should absolutely burst asunder in the effort. He then went on to state that, on the afternoon of the day previous to Mr Shuttleworthy's departure for the city, that worthy old gentleman had mentioned to his nephew, in *his* hearing (Mr Goodfellow's), that his object in going to town on the morrow was to make a deposit of an unusually large sum of money in the Farmers' and Mechanics' Bank, and that then and there the said Mr Shuttleworthy had distinctly avowed to the said nephew his irrevocable determination of rescinding the will originally made,

eut l'extrême audace de reconnaître que ce matin-là il était sorti avec son fusil pour chasser le cerf dans les parages immédiats de l'étang où le gilet taché de sang avait été découvert grâce à la perspicacité de M. Goodfellow.

Ce dernier s'avança alors et, les larmes aux yeux, demanda à être interrogé. Il dit que le rigoureux sens du devoir qu'il observait envers son Créateur non moins qu'envers ses semblables ne lui permettait pas de rester silencieux plus longtemps. Jusque-là, sa très sincère affection pour le jeune homme (malgré les mauvais traitements qu'il en avait reçus, lui, M. Goodfellow) l'avait conduit à faire toutes les hypothèses que pouvait lui inspirer son imagination afin d'essayer d'expliquer ce qui paraissait suspect dans les faits qui parlaient si fort à l'encontre de M. Pennifeather ; mais ces faits étaient maintenant *trop* convaincants — *trop* accablants ; il n'hésiterait plus — il dirait tout ce qu'il savait, bien que son cœur (celui de M. Goodfellow) fût absolument déchiré par l'épreuve. Il poursuivit alors en déclarant que l'après-midi du jour précédant le départ de M. Shuttleworthy pour la ville, cet excellent vieux monsieur avait annoncé à son neveu, et *lui* (M. Goodfellow) l'avait entendu, que le but de son voyage en ville le lendemain était de déposer une somme d'argent exceptionnellement importante à la « Banque de l'agriculture et de l'industrie », et que, au même moment ledit M. Shuttleworthy avait nettement avoué audit neveu sa détermination irrévocable d'annuler le testament précédemment rédigé,

and of cutting him off with a shilling. He (the witness) now solemnly called upon the accused to state whether what he (the witness) had just stated was or was not the truth in every substantial particular. Much to the astonishment of every one present, Mr Pennifeather frankly admitted that *it was*.

The magistrate now considered it his duty to send a couple of constables to search the chamber of the accused in the house of his uncle. From this search they almost immediately returned with the well-known steel-bound, russet leather pocket-book which the old gentleman had been in the habit of carrying for years. Its valuable contents, however, had been abstracted, and the magistrate in vain endeavored to extort from the prisoner the use which had been made of them, or the place of their concealment. Indeed, he obstinately denied all knowledge of the matter. The constables, also, discovered, between the bed and sacking of the unhappy man, a shirt and neck-handkerchief both marked with the initials of his name, and both hideously besmeared with the blood of the victim.

At this juncture, it was announced that the horse of the murdered man had just expired in the stable from the effects of the wound he had received, and it was proposed by Mr Goodfellow that a *post mortem* examination of the beast should be immediately made, with the view, if possible, of discovering the ball. This was accordingly done; and, as if to demonstrate beyond a question the guilt of the accused, Mr Goodfellow,

et de ne lui laisser qu'un shilling. Lui (le témoin) en appelait donc solennellement à l'accusé pour qu'il déclarât si ce qu'il (le témoin) venait de dire était ou n'était pas la vérité dans son moindre détail. À la grande surprise de tous ceux qui étaient présents, M. Pennifeather admit franchement que *ça l'était*.

Le juge considéra alors de son devoir d'envoyer deux policiers fouiller la chambre de l'accusé dans la maison de son oncle. Ils revinrent presque aussitôt avec la sacoche bien connue, en cuir brun et à bordure de fer, que le vieux monsieur avait eu l'habitude de porter depuis des années. Cependant les valeurs qu'elle contenait avaient été soustraites, et le juge essaya vainement d'arracher au prisonnier l'usage qu'il en avait fait et l'endroit où il les avait cachées. En vérité, il nia obstinément savoir quoi que ce soit de l'affaire. Les policiers découvrirent aussi entre le lit et le matelas du malheureux jeune homme, une chemise et un mouchoir brodés tous deux à ses initiales et tous deux horriblement tachés du sang de la victime.

À ce moment, on annonça que le cheval de la victime venait d'expirer dans l'écurie des suites de la blessure qu'il avait reçue, et M. Goodfellow proposa qu'une autopsie de la bête fût immédiatement pratiquée dans la perspective, si possible, de découvrir la balle. Ce qui fut donc fait ; et, comme pour prouver au-delà de toute question la culpabilité de l'accusé, M. Goodfellow,

after considerable searching in the cavity of the chest, was enabled to detect and to pull forth a bullet of very extraordinary size, which, upon trial, was found to be exactly adapted to the bore of Mr Pennifeather's rifle, while it was far too large for that of any other person in the borough or its vicinity. To render the matter even surer yet, however, this bullet was discovered to have a flaw [1] or seam at right angles to the usual suture; and upon examination, this seam corresponded precisely with an accidental ridge or elevation in a pair of moulds acknowledged by the accused himself to be his own property. Upon the finding of this bullet, the examining magistrate refused to listen to any farther testimony, and immediately committed the prisoner for trial – declining resolutely to take any bail in the case, although against this severity Mr Goodfellow very warmly remonstrated, and offered to become surety in whatever amount might be required. This generosity on the part of "Old Charley" was only in accordance with the whole tenor of his amiable and chivalrous conduct during the entire period of his sojourn in the borough of Rattle. In the present instance, the worthy man was so entirely carried away by the excessive warmth of his sympathy that he seemed to have quite forgotten, when he offered to go bail for his young friend,

1. C'est la première utilisation d'indices balistiques dans une histoire policière.

après une longue exploration de la cavité thoracique, parvint à découvrir et à extraire une balle d'un calibre extraordinaire, qui, à l'essai, se trouva s'adapter exactement au canon du fusil de M. Pennifeather, alors qu'elle était beaucoup trop grande pour celui de toute autre personne du bourg ou des environs. En outre, pour renforcer encore la certitude en cette affaire, on découvrit que cette balle avait une paille ou une fissure formant un angle droit avec la suture habituelle ; et, à l'examen, cette fissure correspondait précisément à une arête ou à un relief accidentel dans une paire de moules à balles que l'accusé reconnut comme lui appartenant personnellement. Après la découverte de cette balle, le juge d'instruction refusa d'entendre tout autre témoignage et renvoya immédiatement le prisonnier devant le tribunal — repoussant obstinément toute mise en liberté sous caution, quoique M. Goodfellow se fût très vivement élevé contre cette sévérité et eût offert de se porter garant, quelle que soit la somme qui serait réclamée. Cette générosité de la part du « Vieux Charlie » était bien en accord avec le caractère général de sa conduite aimable et chevaleresque pendant tout le temps de son séjour dans le bourg de Rattle. Dans le cas présent, l'excellent homme avait été si vivement entraîné par l'excessive chaleur de sa sympathie qu'il semblait avoir presque oublié, lorsqu'il proposa de se porter garant pour son jeune ami,

that he himself (Mr Goodfellow) did not possess a single dollar's worth of property upon the face of the earth.

The result of the committal may be readily foreseen. Mr Pennifeather, amid the loud execrations of all Rattleborough, was brought to trial at the next criminal sessions, when the chain of circumstantial evidence (strengthened as it was by some additional damning facts, which Mr Goodfellow's sensitive conscientiousness forbade him to withhold from the court) was considered so unbroken, and so thoroughly conclusive, that the jury, without leaving their seats, returned an immediate verdict of "*Guilty of murder in the first degree* [1]". Soon afterwards the unhappy wretch received sentence of death, and was remanded to the county [2] jail to await the inexorable vengeance of the law.

In the meantime, the noble behavior of "Old Charley Goodfellow" had doubly endeared him to the honest citizens of the borough. He became ten times a greater favorite than ever; and, as a natural result of the hospitality with which he was treated, he relaxed, as it were, perforce, the extremely parsimonious habits which his poverty had hitherto impelled him to observe, and very frequently had little *réunions* at his own house, when wit and jollity reigned supreme –

1. C'est le « meurtre au premier degré » américain, bien connu des lecteurs de romans policiers modernes.

2. *La prison du comté* : aux États-Unis, le comté est une subdivision de l'État.

que lui-même (M. Goodfellow) ne possédait pas même la valeur d'un simple dollar de bien sur toute la surface de la terre.

Le résultat de ce renvoi est facile à deviner. Au milieu des imprécations bruyantes de tout Rattlebourg, M. Pennifeather fut amené devant le tribunal à la première session des assises, et on considéra alors que l'enchaînement des présomptions (renforcé qu'il fut par quelques faits décisifs supplémentaires que la conscience chatouilleuse de M. Goodfellow lui interdisait de cacher à la Cour) était si continu et si étroitement concluant que le jury, sans même se retirer, rendit immédiatement un verdict de « culpabilité de meurtre avec préméditation ». Bientôt après, le pauvre misérable entendit prononcer la sentence de mort et fut renvoyé à la prison du comté pour y attendre l'inexorable vengeance de la loi.

Pendant ce temps-là, la noble conduite du « Vieux Charlie Goodfellow » l'avait rendu doublement cher aux honnêtes citoyens du bourg. Il fut dix fois plus recherché que jamais ; et, conséquence naturelle de l'hospitalité avec laquelle on le traitait, il relâcha, comme par nécessité les habitudes extrêmement parcimonieuses que sa pauvreté l'avait jusque-là contraint d'observer, et il donna très souvent chez lui de petites *réunions* où régnaient en maîtres l'esprit et la gaieté,

dampened a little, *of course*, by the occasional remembrance of the untoward and melancholy fate which impended over the nephew of the late lamented bosom friend of the generous host.

One fine day, this magnanimous old gentleman was agreeably surprised at the receipt of the following letter:—

Charles Goodfellow, Esq., Rattleborough
From H. F. B. & Co.
Chât.Mar.A – No. I – 6 doz. bottles (1/2 Gross)

Charles Goodfellow, Esquire –

Dear Sir – In conformity with an order transmitted to our firm about two months since by our esteemed correspondent, Mr Barnabas Shuttleworthy, we have the honor of forwarding this morning, to your address, a double box of Château Margaux, of the antelope brand, violet seal. Box numbered and marked as per margin.

We remain, sir,
Your most ob'nt ser'ts,
Hoggs, Frogs, Bogs [1], & Co.

City of—, June 21st, 18—

P.S. – The box will reach you, by wagon, on the day after your receipt of this letter. Our respects to Mr Schuttleworthy.

H. F. B. & Co.

The fact is that Mr Goodfellow had, since the death of Mr Shuttleworthy, given over all expectation of ever receiving the promised Château Margaux;

1. Littéralement, cochons, grenouilles, marais... début d'une série identique à *chou, pou, caillou, genou...*

un peu voilés, *évidemment*, par le souvenir occasionnel du fâcheux et mélancolique sort qui attendait le neveu du regretté ami intime de l'hôte généreux.

Un beau jour, ce magnanime vieux monsieur fut agréablement surpris de recevoir la lettre suivante :

À M. Charles Goodfellow, Rattlebourg
De H. F. B. et Cie.
Chât. Mar. A – N° 1 – 6 douz. bout. (1/2 Grosses)

À Monsieur Charles Goodfellow

Cher Monsieur — Conformément à la commande passée auprès de notre société il y a environ deux mois par notre estimé client M. Barnabas Shuttleworthy, nous avons l'honneur de vous faire parvenir ce jour, à votre adresse, une double caisse de château-margaux, marque antilope, cachet violet. Caisse numérotée et estampillée comme indiqué en marge.

Nous sommes, Monsieur, vos très obéissants serviteurs.

Hoggs, Frogs, Bogs et Cie.

Ville de —, 21 juin 18—.

P.S. — La caisse vous sera livrée par voiture le lendemain de la réception de cette lettre. Nos respects à M. Shuttleworthy.

H. F. B. et Cie.

Le fait est que M. Goodfellow avait, depuis la mort de M. Shuttleworthy, abandonné tout espoir de jamais recevoir le château-margaux promis ;

and he, therefore, looked upon it *now* as a sort of especial dispension of Providence in his behalf. He was highly delighted, of course, and, in the exuberance of his joy, invited a large party of friends to a *petit souper* on the morrow, for the purpose of broaching the good old Mr Shuttleworthy's present. Not that he said anything about "the good old Mr Shuttleworthy" when he issued the invitations. The fact is, he thought much and concluded to say nothing at all. He did not mention it to any one – if I remember aright – that he had received a *present* of Château Margaux. He merely asked his friends to come and help him drink some of a remarkably fine quality and rich flavor, that he had ordered up from the city a couple of months ago, and of which he would be in the receipt upon the morrow. I have often puzzled myself to imagine *why* it was that "Old Charley" came to the conclusion to say nothing about having received the wine from his old friend, but I could never precisely understand his reason for the silence, although he had some excellent and very magnanimous reason, no doubt.

The morrow at length arrived, and with it a very large and highly respectable company at Mr Goodfellow's house. Indeed, half the borough was there – I myself among the number – but, much to the vexation of the host, the Château Margaux did not arrive until a late hour, and when the sumptuous supper supplied by "Old Charley" had been done very ample justice by the guests. It came at lenght, however, –

et il prit donc *alors* cela comme une faveur spéciale de la Providence à son encontre. Il en fut bien sûr fort ravi et, laissant éclater sa joie, il invita pour le lendemain un important groupe d'amis à un *petit souper* dans l'intention d'entamer le cadeau de ce bon vieux M. Shuttleworthy. Non qu'il *dît* quoi que ce fût du « bon vieux M. Shuttleworthy » en lançant les invitations. En fait il réfléchit beaucoup et décida de ne rien dire du tout. Il *ne* mentionna à personne — si je me souviens bien — qu'on lui avait fait *cadeau* de château-margaux. Il demanda simplement à ses amis de venir l'aider à boire du vin d'excellente qualité et au riche bouquet qu'il avait commandé en ville deux mois auparavant et qu'il devait recevoir le lendemain. J'ai souvent essayé de m'imaginer *pourquoi* le « Vieux Charlie » en était arrivé à cacher qu'il avait reçu le vin de son vieil ami, mais je n'ai jamais pu comprendre exactement la raison de son silence et, pourtant, sans doute avait-il *une* excellente et très magnanime raison.

Le lendemain arriva enfin, et avec lui arriva chez M. Goodfellow une très nombreuse et fort respectable compagnie. En vérité la moitié du bourg était là — et moi-même je faisais partie du nombre — mais, au grand dépit de l'hôte, le château-margaux n'arriva qu'à une heure tardive, et alors que les invités avaient déjà fait ample justice du somptueux souper offert par le « Vieux Charlie ». Il finit quand même par arriver,

a monstrously big box of it there was, too, – and as the whole party were in excessively good humor, it was decided, *nem. con.* [1], that it should be lifted upon the table and its contents disembowelled forthwith.

No sooner said than done. I lent a helping hand; and, in a trice, we had the box upon the table, in the midst of all the bottles and glasses, not a few of which were demolished in the scuffle. "Old Charley", who was pretty much intoxicated, and excessively red in the face, now took a seat, with an air of mock dignity, at the head of the board, and thumped furiously upon it with a decanter, calling upon the company to keep order "during the ceremony of disinterring the treasure".

After some vociferation, quiet was at length fully restored, and, as very often happens in similar cases, a profound and remarkable silence ensued. Being then requested to force open the lid, I complied, of course, "with an infinite deal of pleasure". I inserted a chisel, and giving it a few slight taps with a hammer, the top of the box flew suddenly and violently off, and, at the same instant, there sprang up into a sitting position, directly facing the host, the bruised, bloody and nearly putrid corpse of the murdered Mr Shuttleworthy himself. It gazed for a few moments, fixedly and sorrowfully, with its decaying and lack-lustre eyes, full into the countenance of Mr Goodfellow;

1. Abréviation de l'expression latine *nemine contradicente*, sans contradiction.

mais c'était une caisse monstrueusement grosse, — et comme toute la compagnie était d'excessivement bonne humeur, on décida à l'unanimité de la hisser sur la table et d'éventrer son contenu séance tenante.

Sitôt dit, sitôt fait. Je prêtai main-forte ; et, en un tournemain, nous eûmes placé la caisse sur la table, parmi toutes les bouteilles et tous les verres dont pas mal furent brisés au cours de l'opération. Le « Vieux Charlie », qui était plutôt ivre et qui avait le visage extrêmement rouge, s'assit alors avec un air de feinte dignité au bout de la table et frappa furieusement dessus avec une carafe, demandant à l'assemblée de rester calme « pendant la cérémonie d'exhumation du trésor ».

Après quelques vociférations, le calme revint enfin complètement, et, comme cela se produit souvent en pareil cas, un profond et remarquable silence s'ensuivit. Prié alors de forcer le couvercle, j'acceptai, bien sûr, « avec un plaisir infini ». J'insérai un ciseau, et après que je lui eus donné quelques légers coups de marteau, le couvercle de la caisse sauta soudain, et, au même moment, se dressa assis, faisant face au maître de maison, le corps meurtri, sanglant et presque putride de l'assassiné, M. Shuttleworthy lui-même. Pendant quelques instants, il contempla fixement et tristement, de ses yeux pourrissants et ternes, le visage de M. Goodfellow ;

uttered slowly, but clearly and impressively, the words – "Thou art the man!" and then, falling over the side of the chest as if thoroughly satisfied, stretched out its limbs quiveringly upon the table.

The scene that ensued is altogether beyond description. The rush for the doors and windows was terrific, and many of the most robust men in the room fainted outright through sheer horror. But after the first wild, shrieking burst of affright, all eyes were directed to Mr Goodfellow. If I live a thousand years, I can never forget the more than mortal agony which was depicted in that ghastly face of his, so lately rubicund with triumph and wine. For several minutes, he sat rigidly as a statue of marble; his eyes seeming, in the intense vacancy of their gaze, to be turned inwards and absorbed in the contemplation of his own miserable, murderous soul. At length, their expression appeared to flash suddenly out into the external world, when, with a quick leap, he sprang from his chair, and falling heavily with his head and shoulders upon the table, and in contact with the corpse, poured out rapidly and vehemently a detailed confession of the hideous crime for which Mr Pennifeather was then imprisoned and doomed to die.

What he recounted was in substance this: – He followed his victim to the vicinity of the pool; there shot his horse with a pistol; despatched the rider with its butt end;

il prononça avec lenteur, mais de façon claire et solennelle, les mots — « C'est toi l'homme ! » et puis, basculant par-dessus le bord de la caisse comme s'il était entièrement satisfait, il s'étala de tous ses membres pantelants sur la table.

La scène qui suivit est au-delà de toute description. La ruée vers les portes et les fenêtres fut terrifiante, et bon nombre des hommes les plus robustes qui se trouvaient dans la pièce s'évanouirent carrément de pure terreur. Mais, passé la première explosion d'épouvante sauvage et vociférante, tous les yeux se tournèrent vers M. Goodfellow. Vivrais-je un millier d'années, je ne pourrais jamais oublier la terreur plus que mortelle qui se peignait sur son visage blême, encore à l'instant rubicond de triomphe et de vin. Pendant quelques minutes, il resta assis, rigide comme une statue de marbre ; par le vide intense de leur regard, ses yeux semblaient être tournés vers l'intérieur et absorbés dans la contemplation de sa misérable âme criminelle. À la longue leur expression sembla refaire soudain irruption dans le monde extérieur puis, en un brusque sursaut, il se décolla de sa chaise et, laissant lourdement tomber sa tête et ses épaules sur la table, au contact du cadavre, il débita avec rapidité et véhémence une confession détaillée du crime hideux pour lequel M. Pennifeather était à ce moment même emprisonné et condamné à mort.

Voici en substance ce qu'il raconta : — Il avait suivi sa victime jusqu'au voisinage de l'étang ; là, il avait tiré sur son cheval avec un pistolet ; avait tué son cavalier à coups de crosse ;

possessed himself of the pocket-book; and, supposing the horse dead, dragged it with great labor to the brambles by the pond. Upon his own beast he slung the corpse of Mr Shuttleworthy, and thus bore it to a secure place of concealment a long distance off through the woods.

The waistcoat, the knife, the pocket-book and bullet[1], had been placed by himself where found, with the view of avenging himself upon Mr Pennifeather. He had also contrived the discovery of the stained handkerchief and shirt.

Towards the end of the blood-chilling recital, the words of the guilty wretch faltered and grew hollow. When the record was finally exhausted, he arose, staggered backwards from the table, and fell – *dead*.

The means by which this happily timed confession was extorted, although efficient, were simple indeed. Mr Goodfellow's excess of frankness had disgusted me, and excited my suspicions from the first. I was present when Mr Pennifeather had struck him, and the fiendish expression which then arose upon his countenance, although momentarily, assured me that his threat of vengeance would, if possible, be rigidly fulfilled.

1. *Le gilet, le couteau, la sacoche et la balle :* peut-être la première utilisation de faux indices dans une histoire policière.

s'était emparé de la sacoche; et, supposant que le cheval était mort, l'avait tiré à grand-peine jusqu'aux ronces près de l'étang. Sur sa propre bête, il avait hissé le corps de M. Shuttleworthy et l'avait transporté ainsi jusqu'à une cachette sûre, loin de là au fond des bois.

Le gilet, le couteau, la sacoche et la balle avaient été placés par lui là où on les trouva, dans l'intention de se venger de M. Pennifeather. Il avait aussi combiné la découverte du mouchoir et de la chemise tachés.

Vers la fin de ce récit qui glaçait le sang, les paroles du coupable s'étaient faites hésitantes et sa voix caverneuse. Lorsque la relation fut enfin achevée, il se leva, s'écarta de la table en titubant, et tomba — *mort.*

Les moyens grâce auxquels cette confession fut extorquée au bon moment, quoique efficaces, furent en réalité simples. L'excès de franchise de M. Goodfellow m'avait dégoûté et avait éveillé mes soupçons dès le début. J'étais présent lorsque M. Pennifeather l'avait frappé, et l'expression démoniaque qui apparut alors sur son visage, bien que fugitive, me persuada que cette menace de vengeance serait, dès que possible, strictement exécutée.

I was thus prepared to view the manœuvring of "Old Charley" in a very different light from that in which it was regarded by the good citizens of Rattleborough. I saw at once that all the criminating discoveries arose, either directly, or indirectly, from himself. But the fact which clearly opened my eyes to the true state of the case was the affair of the bullet, *found* by Mr G. in the carcass of the horse. *I* had not forgotten, although the Rattleburghers had, that there was a hole where the ball had entered the horse, and another where it *went out*. If it were found in the animal then, after having made its exit, I saw clearly that it must have been deposited by the person who found it. The bloody shirt and handkerchief confirmed the idea suggested by the bullet; for the blood upon examination proved to be capital claret, and no more. When I came to think of these things, and also of the late increase of liberality and expenditure on the part of Mr Goodfellow, I entertained a suspicion which was none the less strong because I kept it altogether to myself.

In the mean time, I instituted a rigorous private search for the corpse of Mr Shuttleworthy, and, for good reasons, searched in quarters as divergent as possible from those to which Mr Goodfellow conducted his party. The result was that, after some days, I came across an old dry well, the mouth of which was nearly hidden by brambles; and here, at the bottom, I discovered what I sought.

J'étais donc enclin à envisager les *manœuvres* du « Vieux Charlie » sous un jour très différent de celui sous lequel les voyaient les braves citoyens de Rattlebourg. Je me rendis compte immédiatement que toutes les découvertes accusatrices venaient, directement ou indirectement, de lui. Mais le fait qui m'ouvrit clairement les yeux sur ce qu'il en était réellement, ce fut l'affaire de la balle, *trouvée* par M. G. dans la carcasse du cheval. *Moi,* je n'avais pas oublié, comme l'avaient fait les Rattlebourgeois, qu'il y avait un trou là où la balle avait pénétré dans le cheval et un autre là où elle *était sortie.* Je me rendis donc clairement compte que si elle avait été trouvée à l'intérieur de l'animal après qu'elle en fut sortie, c'est qu'elle avait dû être déposée par la personne qui l'avait trouvée. La chemise et le mouchoir sanglants confirmèrent l'hypothèse suggérée par la balle; car à l'examen le sang s'avéra être de l'excellent vin, et rien de plus. Lorsque j'en vins à réfléchir à ces choses, et aussi au récent accroissement de la libéralité et des dépenses de M. Goodfellow, je me mis à nourrir des soupçons qui, bien que gardés tout entiers par-devers moi, n'en étaient pas moins vifs.

Sur ces entrefaites, je procédai en secret à de rigoureuses recherches du cadavre de M. Shuttleworthy, et, pour de bonnes raisons, je cherchai dans des coins aussi éloignés que possible de ceux vers lesquels M. Goodfellow avait entraîné son groupe. Le résultat fut qu'après quelques jours, je découvris un vieux puits à sec dont l'orifice était presque caché par les ronces; et là, au fond, je découvris ce que je cherchais.

Now it so happened that I had overheard the colloquy between the two cronies, when Mr Goodfellow had contrived to cajole his host into the promise of a box of Château Margaux. Upon this hint I acted. I procured a stiff piece of whalebone, thrust it down the throat of the corpse, and deposited the latter in an old wine box – taking care so to double the body up as to double the whalebone with it. In this manner I had to press forcibly upon the lid to keep it down while I secured it with nails; and I anticipated, of course, that as soon as these latter were removed, the top would fly *off* and the body *up*.

Having thus arranged the box, I marked, numbered, and addressed it as already told; and then, writing a letter in the name of the wine merchants with whom Mr Shuttleworthy dealt, I gave instruction to my servant to wheel the box to Mr Goodfellow's door, in a barrow, at a given signal from myself. For the words which I intended the corpse to speak, I confidently depended upon my ventriloquial abilities; for their effect, I counted upon the conscience of the murderous wretch.

I believe there is nothing more to be explained. Mr Pennifeather was released upon the spot, inherited the fortune of his uncle, profited by the lessons of experience, turned over a new leaf, and led happily ever afterwards a new life.

Or il se trouvait que j'avais entendu le dialogue entre les deux compères lorsque M. Goodfellow était parvenu à enjôler son hôte et à se faire promettre une caisse de château-margaux. C'est sur cette idée-là que je me basai pour agir. Je me procurai un morceau de fanon de baleine bien raide, l'enfonçai dans la gorge du cadavre et plaçai ce dernier dans une ancienne caisse de vin — en prenant soin de plier le corps en deux afin que la baleine soit pliée en même temps. De cette façon, je dus appuyer vigoureusement sur le couvercle pour le maintenir fermé pendant que je le fixais avec des clous ; et je prévoyais qu'aussitôt ceux-ci ôtés, le couvercle *sauterait* et que le corps *jaillirait*.

Ayant ainsi préparé la caisse, je la marquai, la numérotai et l'envoyai comme je l'ai déjà raconté ; et puis, après avoir écrit une lettre au nom des marchands de vin chez lesquels M. Shuttleworthy se fournissait, je donnai pour instruction à mon domestique de convoyer la caisse dans une brouette jusqu'à la porte de M. Goodfellow, sur un signal que je lui donnerais moi-même. Quant aux mots que je voulais faire prononcer au cadavre, je faisais confiance à mes talents de ventriloque ; pour leur efficacité, je comptais sur la conscience du misérable meurtrier.

Je crois qu'il ne reste rien à expliquer. M. Pennifeather fut relâché sur-le-champ, hérita de la fortune de son oncle, profita des leçons de l'expérience, changea de conduite et, par la suite, poursuivit toujours avec bonheur sa nouvelle vie.

The Sphinx
Le Sphinx

During the dread reign of the Cholera in New York[1], I had accepted the invitation of a relative to spend a fortnight with him in the retirement of his *cottage orné* on the banks of the Hudson. We had here around us all the ordinary means of summer amusement; and what with rambling in the woods, sketching, boating, fishing, bathing, music, and books, we should have passed the time pleasantly enough, but for the fearful intelligence which reached us every morning from the populous city. Not a day elapsed which did not bring us news of the decease of some acquaintance. Then, as the fatality increased, we learned to expect daily the loss of some friend. At length we trembled at the approach of every messenger. The very air from the South seemed to us redolent with death.

1. L'épidémie de choléra à laquelle Poe fait allusion est celle qui sévit à New York et à Baltimore en 1831.

Durant le terrible règne du Choléra sur New York, j'avais accepté l'invitation d'un parent à passer une quinzaine de jours avec lui dans la retraite de son *cottage orné* des bords de l'Hudson. Nous avions là à notre portée tous les moyens ordinaires de distraction estivale ; et, avec les promenades dans les bois, le dessin, le canotage, la pêche, la baignade, la musique et les livres, nous aurions passé le temps fort agréablement sans les effrayantes nouvelles qui nous parvenaient chaque matin de la populeuse cité. Pas un jour qui ne s'écoulât sans nous apprendre le décès de quelque relation. Et, à mesure que s'amplifiait le fléau, nous nous habituâmes à attendre chaque jour la perte de quelque ami. À la longue, nous en arrivâmes à trembler à l'approche de tout messager. Même la brise venant du sud nous semblait exhaler la mort.

That palsying thought, indeed, took entire possession of my soul. I could neither speak, think, nor dream of anything else. My host was of a less excitable temperament, and, although greatly depressed in spirits, exerted himself to sustain my own. His richly philosophical intellect was not at any time affected by unrealities. To the substances of terror he was sufficiently alive, but of its shadows he had no apprehension.

His endeavours to arouse me from the condition of abnormal gloom into which I had fallen, were frustrated in great measure, by certain volumes which I had found in his library. These were of a character to force into germination whatever seeds of hereditary superstition lay latent in my bosom. I had been reading these books without his knowledge, and thus he was often at a loss to account for the forcible impressions which had been made upon my fancy.

A favourite topic with me was the popular belief in omens—a belief which, at this one epoch of my life, I was almost seriously disposed to defend. On this subject we had long and animated discussions—he maintaining the utter groundlessness of faith in such matters—I contending that a popular sentiment arising with absolute spontaneity—that is to say, without apparent traces of suggestion—had in itself the unmistakable elements of truth, and was entitled to much respect.

Cette idée paralysante prit en vérité entière possession de mon âme. Je ne pouvais parler, penser, ni rêver de rien d'autre. Mon hôte était d'un tempérament moins émotif et, quoique lui-même fort déprimé, il s'efforçait de me soutenir. Son intelligence profondément philosophique n'était à aucun moment affectée par les chimères. S'il était suffisamment sensible aux réalités de la terreur, de ses ombres il n'avait nulle crainte.

Ses efforts pour me tirer de l'état d'anormale tristesse dans lequel j'avais sombré furent en grande partie contrariés par certains volumes que j'avais trouvés dans sa bibliothèque. Ceux-ci étaient de nature à forcer la germination de toutes les semences de superstition héréditaire qui gisaient latentes en moi. J'avais lu ces livres sans qu'il le sache et il avait donc souvent du mal à se rendre compte des violentes impressions qui s'étaient imposées à mon imagination.

Un de mes sujets favoris était la croyance populaire dans les présages — une croyance qu'à cette époque précise de ma vie, j'étais presque sérieusement disposé à défendre. Sur ce sujet nous avions des discussions longues et animées — lui soutenant le manque total de fondement des croyances en de telles matières — et moi affirmant qu'un sentiment populaire surgissant avec une spontanéité absolue — c'est-à-dire sans traces apparentes de suggestion — portait en lui-même d'indiscutables éléments de vérité et avait droit à beaucoup de respect.

The fact is, that soon after my arrival at the cottage, there had occurred to myself an incident so entirely inexplicable, and which had in it so much of the portentous character, that I might well have been excused for regarding it as an omen. It appalled, and at the same time so confounded and bewildered me, that many days elapsed before I could make up my mind to communicate the circumstance to my friend.

Near the close of an exceedingly warm day, I was sitting, book in hand, at an open window, commanding, through a long vista of the river banks, a view of a distant hill, the face of which nearest my position, had been denuded, by what is termed a land-slide, of the principal portion of its trees. My thoughts had been long wandering from the volume before me to the gloom and desolation of the neighbouring city. Uplifting my eyes from the page, they fell upon the naked face of the hill, and upon an object—upon some living monster of hideous conformation, which very rapidly made its way from the summit to the bottom, disappearing finally in the dense forest below. As this creature first came in sight, I doubted my own sanity—or at least the evidence of my own eyes; and many minutes passed before I succeeded in convincing myself that I was neither mad nor in a dream. Yet when I describe the monster (which I distinctly saw, and calmly surveyed through the whole period of its progress), my readers, I fear,

Le fait est que peu après mon arrivée au cottage, il m'arriva un incident si totalement inexplicable et qui avait en lui-même un si funeste caractère, que j'aurais été bien excusable de le prendre pour un présage. Il m'épouvanta et, en même temps, me troubla et me désorienta à tel point que plusieurs jours s'écoulèrent avant que je pusse me décider à en communiquer le détail à mon ami.

Vers la fin d'une journée excessivement chaude, j'étais assis, un livre à la main, devant une fenêtre ouverte qui commandait, au-delà de la longue perspective des rives du fleuve, la vue d'une colline éloignée dont le versant qui me faisait face avait été dépouillé, par ce qu'on appelle un glissement de terrain, de la majeure partie de ses arbres. Mes pensées avaient longuement erré du volume ouvert devant moi à la tristesse, la désolation de la cité voisine. Quittant la page, mon regard tomba sur le versant dénudé de la colline et sur un objet — quelque monstre vivant d'apparence hideuse, qui chemina très rapidement du sommet jusqu'au pied pour finalement disparaître dans la dense forêt du bas. Lorsque cet animal se présenta d'abord à ma vue, je doutai de ma propre santé mentale — ou du moins du témoignage de mes propres yeux ; et plusieurs minutes passèrent avant que je ne réussisse à me convaincre que je n'étais ni fou ni en train de rêver. Pourtant quand je décrirai le monstre (que je vis distinctement et que j'observai calmement pendant toute la durée de son parcours), mes lecteurs, j'en ai peur,

will feel more difficulty in being convinced of these points than even I did myself.

Estimating the size of the creature by comparison with the diameter of the large trees near which it passed—the few giants of the forest which had escaped the fury of the land-slide—I concluded it to be far larger than any ship of the line in existence. I say ship of the line, because the shape of the monster suggested the idea—the hull of one of our seventy-fours[1] might convey a very tolerable conception of the general outline. The mouth of the animal was situated at the extremity of a proboscis some sixty or seventy feet[2] in length, and about as thick as the body of an ordinary elephant. Near the root of this trunk was an immense quantity of black shaggy hair—more than could have been supplied by the coats of a score of buffaloes; and projecting from this hair downwardly and laterally, sprang two gleaming tusks not unlike those of the wild boar, but of infinitely greater dimension. Extending forward, parallel with the proboscis, and on each side of it, was a gigantic staff, thirty or forty feet in length, formed seemingly of pure crystal, and in shape a perfect prism:—it reflected in the most gorgeous manner the rays of the declining sun.

1. Vaisseau armé de soixante-quatorze canons, c'est-à-dire un gros navire de guerre, et, par extension, les grands navires marchands qui restèrent longtemps armés eux aussi. Ces derniers étaient le plus souvent à trois ponts et avaient une forme très ventrue. Au

auront beaucoup plus de mal à se laisser convaincre par ces détails que je n'en eus moi-même.

Évaluant la taille de la créature par rapport au diamètre des grands arbres près desquels elle passait — les rares géants de la forêt qui avaient échappé à la fureur du glissement de terrain — je conclus qu'elle était beaucoup plus grande que n'importe quel navire de ligne connu. Je dis navire de ligne parce que la forme du monstre en suggérait l'idée — la coque de l'un de nos vaisseaux de soixante-quatorze pourrait donner une idée très acceptable de son profil général. La gueule de l'animal était située à l'extrémité d'une trompe de quelque soixante ou soixante-dix pieds de long, et à peu près aussi épaisse que *le corps* d'un éléphant ordinaire. Près de la base de ce tronc, il y avait une énorme quantité de poils noirs hirsutes — plus que n'en auraient pu fournir les fourrures d'une vingtaine de bisons ; et de ces poils jaillissaient, vers le bas et latéralement, deux défenses brillantes guère différentes de celles d'un sanglier, mais d'une taille infiniment plus grande. S'étendant vers l'avant, parallèlement à la trompe, et de chaque côté de celle-ci, il y avait un gigantesque pieu, de trente ou quarante pieds de long, qui semblait fait de pur cristal et avait la forme d'un prisme parfait : — il reflétait de la plus splendide façon les rayons du soleil couchant.

moment où Poe publie sa nouvelle (1846), les navires métalliques et à vapeur traversent depuis huit ans l'Atlantique sans le secours de leurs voiles.

2. *Pied :* 30,48 cm ; *yard :* 0,914 m ; *pouce :* 2,54 cm.

The trunk was fashioned like a wedge with the apex to the earth. From it there were outspread two pairs of wings—each wing nearly one hundred yards in length—one pair being placed above the other, and all thickly covered with metal scales; each scale apparently some ten or twelve feet in diameter. I observed that the upper and lower tiers of wings were connected by a strong chain. But the chief peculiarity of this horrible thing, was the representation of a *Death's Head*, which covered nearly the whole surface of its breast, and which was as accurately traced in glaring white, upon the dark ground of the body, as if it had been there carefully designed by an artist. While I regarded this terrific animal, and more especially the appearance on its breast, with a feeling of horror and awe—with a sentiment of forthcoming evil, which I found it impossible to quell by any effort of the reason, I perceived the huge jaws at the extremity of the proboscis, suddenly expand themselves, and from them there proceeded a sound so loud and so expressive of woe, that it struck upon my nerves like a knell, and as the monster disappeared at the foot of the hill, I fell at once, fainting, to the floor.

Upon recovering, my first impulse of course was to inform my friend of what I had seen and heard—and I can scarcely explain what feeling of repugnance it was, which, in the end, operated to prevent me.

Le tronc avait une forme triangulaire, la pointe tournée vers le sol. Accrochées à lui, se déployaient deux paires d'ailes — chaque aile faisant près de cent yards de long — une paire étant placée au-dessus de l'autre, chacune étant recouverte d'une épaisse couche d'écailles métalliques, et chaque écaille faisant apparemment quelque dix ou douze pieds de diamètre. Je remarquai que les ailes supérieures et les ailes inférieures étaient reliées par une forte chaîne. Mais la principale particularité de cette horrible chose, c'était l'image d'une *Tête de Mort* qui recouvrait presque toute la surface de son poitrail, et qui se détachait d'un blanc éclatant sur le fond sombre du corps aussi nettement que si elle avait été dessinée avec soin par un artiste. Tandis que je regardais ce terrifiant animal, et plus particulièrement la marque de son poitrail, avec un sentiment d'horreur et de crainte — avec un sentiment de désastre imminent qu'aucun effort de la raison ne me paraissait capable de réprimer, je vis les énormes mâchoires situées à l'extrémité de la trompe s'écarter soudain, et il en sortit un son si puissant et exprimant tellement le malheur, qu'il me frappa les nerfs comme un glas, et, comme le monstre disparaissait au pied de la colline, je tombai soudain évanoui sur le sol.

En revenant à moi, ma première impulsion évidemment fut d'informer mon ami de ce que j'avais vu et entendu — et je peux à peine expliquer quel sentiment de répugnance, à la fin, m'empêcha de le faire.

At length, one evening, some three or four days after the occurrence, we were sitting together in the room in which I had seen the apparition—I occupying the same seat at the same window, and he lounging on a sofa near at hand. The association of the place and time impelled me to give him an account of the phenomenon. He heard me to the end—at first laughed heartily—and then lapsed into an excessively grave demeanour, as if my insanity was a thing beyond suspicion. At this instant I again had a distinct view of the monster—to which, with a shout of absolute terror, I now directed his attention. He looked eagerly—but maintained that he saw nothing—although I designated minutely the course of the creature, as it made its way down the naked face of the hill.

I was now immeasurably alarmed, for I considered the vision either as an omen of my death, or, worse, as the forerunner of an attack of mania. I threw myself passionately back in my chair, and for some moments buried my face in my hands. When I uncovered my eyes, the apparition was no longer visible.

My host, however, had in some degree resumed the calmness of his demeanour, and questioned me very rigorously in respect to the conformation of the visionary creature. When I had fully satisfied him on this head, he sighed deeply, as if relieved of some intolerable burden, and went on to talk, with what I thought a cruel calmness,

Enfin, un soir, trois ou quatre jours après l'événement, nous étions assis tous les deux dans la pièce d'où j'avais vu l'apparition — moi occupant le même siège à la même fenêtre, et lui étendu sur un sofa tout proche. L'association du lieu et du moment m'incita à lui faire un compte rendu du phénomène. Il m'écouta jusqu'au bout — d'abord il rit de tout cœur — et puis il prit une attitude excessivement grave, comme si ma folie ne faisait plus aucun doute. À cet instant, j'aperçus de nouveau distinctement le monstre — vers lequel, avec un cri d'épouvante absolue, j'attirai aussitôt son attention. Il regarda intensément — mais affirma qu'il ne voyait rien — quoique je lui indiquasse minutieusement le parcours de la créature tandis qu'elle descendait le versant dénudé de la colline.

J'étais maintenant alarmé au-delà de toute mesure car j'interprétais la vision soit comme un présage de ma mort, soit, pire encore, comme le signe avant-coureur d'une attaque de folie. Je me rejetai furieusement dans mon fauteuil et pendant quelques instants j'enfouis mon visage dans mes mains. Quand je découvris mes yeux, l'apparition n'était plus visible.

Mon hôte, cependant, avait dans une certaine mesure retrouvé le calme de son maintien, et il me questionna très minutieusement sur la conformation de la bête qui m'était apparue. Quand je l'eus pleinement satisfait sur ce point, il soupira profondément, comme s'il avait été soulagé de quelque fardeau intolérable, et il se mit à parler, avec ce que je pris pour un calme cruel,

of various points of speculative philosophy, which had heretofore formed subject of discussion between us. I remember his insisting very especially (among other things) upon the idea that the principal source of error in all human investigations, lay in the liability of the understanding to underrate or to overvalue the importance of an object, through mere misadmeasurement of its propinquity. "To estimate properly, for example," he said, "the influence to be exercised on mankind at large by the thorough diffusion of Democracy, the distance of the epoch at which such diffusion may possibly be accomplished, should not fail to form an item in the estimate. Yet can you tell me one writer on the subject of government, who has ever thought this particular branch of the subject worthy of discussion at all?"

He here paused for a moment, stepped to a bookcase, and brought forth one of the ordinary synopses of Natural History. Requesting me then to exchange seats with him, that he might better distinguish the fine print of the volume, he took my arm-chair at the window, and, opening the book, resumed his discourse very much in the same tone as before.

"But for your exceeding minuteness," he said, "in describing the monster, I might never have had it in my power to demonstrate to you what it was. In the first place, let me read to you a school-boy account of the genus *Sphinx*, of the family *Crepuscularia*,

de divers points de philosophie spéculative qui avaient été jusqu'ici l'objet de discussions entre nous. Je me souviens qu'il insista tout particulièrement (entre autres choses) sur l'idée que la principale source d'erreur dans toutes les investigations humaines, résidait dans la disposition de l'entendement à sous-évaluer ou surévaluer l'importance d'un objet par suite d'une mauvaise appréciation de sa distance. « Pour estimer correctement, par exemple, dit-il, l'influence qui sera exercée sur toute l'humanité par la complète diffusion de la Démocratie, la distance de l'époque à laquelle une telle diffusion pourra effectivement être accomplie ne devrait pas manquer d'apparaître comme une des données de l'estimation. Et pourtant, pouvez-vous me citer un seul auteur qui, écrivant sur le thème du gouvernement, ait jamais pensé que cette branche particulière du thème méritât la moindre discussion ? »

Il se tut alors un moment, marcha vers un rayon de la bibliothèque et en tira un des manuels courants d'Histoire Naturelle. Me demandant alors de changer de siège avec lui afin qu'il pût mieux distinguer la fine impression du volume, il prit mon fauteuil près de la fenêtre et, ouvrant le livre, reprit son discours sur un ton très semblable au précédent.

« Sans votre extrême minutie, dit-il, dans la description du monstre, j'aurais pu n'avoir jamais la possibilité de vous démontrer ce que c'était. Tout d'abord laissez-moi vous lire une description scolaire du genre *Sphinx*, de la famille des *Crepuscularia*,

of the order *Lepidoptera*, of the class of *Insecta*—or insects. The account runs thus:

Four membraneous wings covered with little coloured scales of a metallic appearance; mouth forming a rolled proboscis, produced by an elongation of the jaws, upon the sides of which are found the rudiments of mandibles and downy palpi; the inferior wings retained to the superior by a stiff hair; antennæ in the form of an elongated club, prismatic; abdomen pointed. The Death's-headed Sphinx has occasioned much terror among the vulgar, at times, by the melancholy kind of cry which it utters, and the insignia of death which it wears upon its corselet.

He here closed the book and leaned forward in the chair, placing himself accurately in the position which I had occupied at the moment of beholding "the monster."

"Ah, here it is!" he presently exclaimed—"it is reascending the face of the hill, and a very remarkable-looking creature, I admit it to be. Still, it is by no means so large or so distant as you imagined it; for the fact is that, as it wriggles its way up this thread, which some spider has wrought along the window-sash, I find it to be about the sixteenth of an inch in its extreme length, and also about the sixteenth of an inch distant from the pupil of my eye[1]."

1. L'aberration optique décrite ici, et qui abolit la sensation de perspective et de distance, n'est pas rare chez ceux qui sont sous l'influence de fortes fièvres ou de drogues hallucinogènes. Poe revient plusieurs fois sur les problèmes de perspective et de perception de l'espace et du temps, et en particulier dans un texte des *Marginalia*. On doit cependant constater que les dimensions qu'il donne ici sont fantaisistes. Le seizième de pouce représenterait donc

de l'ordre des *Lepidoptera*, de la classe des *Insecta* — ou insectes. La description dit ceci :

> Quatre ailes membranées couvertes de petites écailles colorées d'aspect métallique ; bouche en forme de trompe roulée, produite par un allongement des mâchoires sur les côtés desquelles on voit des rudiments de mandibules et de palpes duveteuses ; les ailes inférieures attachées aux supérieures par un crin rigide ; antennes en forme de massues allongées, prismatiques ; abdomen pointu. Le Sphinx Tête de Mort a parfois provoqué une grande terreur chez les gens du peuple, à cause de l'espèce de cri mélancolique qu'il émet et de l'emblème de mort qu'il porte sur son corselet.

Il ferma alors le livre et se pencha en avant dans le fauteuil, se plaçant exactement dans la position que j'occupais au moment où j'avais aperçu « le monstre ».

« Ah, le voilà ! » s'exclama-t-il bientôt « — il remonte le versant de la colline, et c'est une créature d'aspect très remarquable, je l'admets. Cependant il n'est en aucune manière aussi grand ni aussi éloigné que vous l'aviez imaginé ; car le fait est que maintenant qu'il chemine en se tortillant sur ce fil qu'une araignée a tissé le long du châssis de la fenêtre, je constate qu'il mesure environ un seizième de pouce dans sa longueur totale, et qu'il est également à une distance d'environ un seizième de pouce de la pupille de mon œil. »

un millimètre et demi ! Or le sphinx tête-de-mort est un très grand papillon dont la taille varie entre 4 et 12 cm. Il aurait donc fallu écrire un seizième de yard (soit environ 5,7 cm), pour respecter à la fois la taille d'un papillon de cette espèce et la position supposée de l'observateur contre la vitre.

Von Kempelen and his discovery

Von Kempelen et sa découverte

After the very minute and elaborate paper by Arago, to say nothing of the summary in "Silliman's Journal", with the detailed statement just published by Lieutenant Maury [1], it will not be supposed, of course, that in offering a few hurried remarks in reference to Von Kempelen's [2] discovery, I have any design to look at the subject in a *scientific* point of view. My object is simply, in the first place, to say a few words of Von Kempelen himself (with whom, some years ago,

1. François *Arago* (1786-1853), le célèbre astronome, directeur de l'Observatoire de Paris, secrétaire perpétuel de l'Académie des sciences et l'un des savants les plus renommés de l'époque. Le « Journal de Silliman », c'est l'*American Journal of science and arts,* fondé par Benjamin Silliman (1779-1864), professeur de chimie et d'histoire naturelle. Dans le contexte de cette nouvelle, il y a là un premier clin d'œil de Poe car en anglais, « silly » signifie « sot », « niais ». Matthew-Fontaine Maury (1806-1873) : chef du Registre des Cartes et Instruments à Washington depuis 1842. En 1836, Poe avait rendu compte de son traité de navigation dans le *Southern Literary Messenger.* Dans le cadre de cette nouvelle son nom a un double sens : il est celui qui enregistre les brevets et résume les

Après l'article très minutieux et très élaboré d'Arago, sans oublier le résumé du « Journal de Silliman », ni le compte rendu détaillé récemment publié par le lieutenant Maury, on ne supposera pas, bien sûr, qu'en offrant au lecteur quelques remarques hâtives à propos de la découverte de Von Kempelen, j'aie la moindre prétention de traiter le sujet d'un point de vue scientifique. Mon propos est simplement d'abord de dire quelques mots sur Von Kempelen lui-même (avec qui, il y a quelques années,

articles scientifiques étrangers ; mais aussi en cette année 1849, année de la ruée vers l'or, son nom est sur toutes les lèvres car c'est grâce à ses cartes marines que le voyage de New York-San Francisco par le Cap Horn (la percée à travers le continent n'a pas encore eu lieu) est réduit de 150 à 133 jours.

2. Comme on le verra plus loin, le nom de Von Kempelen, qui devrait être familier au lecteur de Poe, est un vrai nom historique : c'est celui de l'inventeur de l' « automate » joueur d'échecs. La machine, une fraude fameuse, a été décrite et disséquée par Poe dans *Le Joueur d'échecs de Maelzel*, traduit par Baudelaire mais pas toujours joint aux recueils de contes (voir note 1, p. 262).

I had the honor of a slight personal acquaintance,) since every thing which concerns him must necessarily, at this moment, be of interest; and, in the second place, to look in a general way, and speculatively, at the *results* of the discovery.

It may be as well, however, to premise the cursory observations which I have to offer, by denying, very decidedly, what seems to be a general impression (gleaned, as usual in a case of this kind, from the newspapers,) viz.: that this discovery, astounding as it unquestionably is, is *unanticipated*.

By reference to the "Diary of Sir Humphry Davy [1]" (Cottle and Munroe, London, pp. 150), it will be seen at pp. 53 and 82, that this illustrious chemist had not only conceived the idea now in question, but had actually made *no inconsiderable progress, experimentally*, in the very *identical analysis* now so triumphantly brought to an issue by Von Kempelen, who although he makes not the slightest allusion to it, is, *without doubt* (I say it unhesitatingly, and can prove it, if required,) indebted to the "Diary" for at least the first hint of his own undertaking. Although a little technical, I cannot refrain from appending two passages from the "Diary", with one of Sir Humphry's equations.

1. *Sir Humphry Davy* (1778-1829) : le plus célèbre savant britannique du début du XIXe siècle. Chimiste, membre de la Royal Society, Sir Humphry Davy avait découvert le protoxyde d'azote, et, entre autres inventions, mis au point l'électrolyse et la familière « lampe

j'ai eu l'honneur de nouer de brèves relations personnelles), puisque tout ce qui le concerne doit, en ce moment, présenter de l'intérêt ; et, ensuite, d'envisager de façon générale et spéculative les conséquences de la découverte.

Il sera bon, cependant, d'entamer les remarques sommaires que j'ai à présenter, en m'inscrivant en faux, de façon très nette, contre ce qui semble être une impression générale (glanée dans les journaux, comme c'est l'ordinaire dans ce genre d'affaires), c'est-à-dire que cette découverte, aussi étonnante qu'elle soit indiscutablement, soit *inattendue.*

Si l'on se réfère au « Journal de Sir Humphry Davy », (Cottle and Munroe, Londres, 150 p.), on verra, aux pages 53 et 82, que cet illustre chimiste n'avait pas seulement conçu l'idée dont il est ici question, mais qu'il avait effectivement accompli *des progrès non négligeables, expérimentalement,* précisément dans l'*analyse même* qui vient d'être menée triomphalement à son terme par Von Kempelen, lequel, bien qu'il n'y fasse pas la moindre allusion, est, *sans aucun doute* (je le dis sans hésiter et pourrais le prouver, si nécessaire), redevable au « Journal » au moins de l'idée première de sa propre expérimentation. Quoique ce soit un peu technique, je ne peux m'empêcher d'annexer ici deux passages du « Journal », avec l'une des équations de Sir Humphry.

Davy » qui équipe les mineurs. Le livre cité par Poe n'existe pas réellement mais on connaît par contre les *Memoirs of the life of Sir Humphry Davy* (1836), publiés par son frère John Davy.

[As we have not the algebraic signs necessary, and as the "Diary" is to be found at the Athenæum Library[1], we omit here a small portion of Mr Poe's manuscript.–ED.[2]]

The paragraph from the "Courier and Enquirer", which is now going the rounds of the press, and which purports to claim the invention for a Mr Kissam, of Brunswick, Maine[3], appears to me, I confess, a little apocryphal, for several reasons; although there is nothing either impossible or very improbable in the statement made. I need not go into details. My opinion of the paragraph is founded principally upon its *manner*. It does not *look* true. Persons who are narrating *facts*, are seldom so particular as Mr Kissam seems to be, about day and date and precise location. Besides, if Mr Kissam actually *did* come upon the discovery he says he did, at the period designated – nearly eight years ago – how happens it that he took no steps, *on the instant*, to reap the immense benefits which the merest bumpkin must have known would have resulted to him individually, if not to the world at large, from the discovery? It seems to me quite incredible that any man, of common understanding, could have discovered what Mr Kissam says he did,

1. Il s'agit de la bibliothèque de l'Athenaeum de Baltimore.

2. *ED*. signifie bien entendu « note de l'éditeur » mais aussi — et c'est un jeu auquel Poe se livrait souvent —, une note d'*Ed*gar.

3. *M. Kissam de Brunswick, dans le Maine,* est sans doute une allusion à George Eveleth, un jeune étudiant en médecine qui avait

(Comme nous manquons des signes algébriques nécessaires et que l'on peut trouver le Journal à la bibliothèque de l'Athenaeum, nous omettons ici une petite partie du manuscrit de M. Poe — ED.)

L'entrefilet du « Courier and Enquirer » qui fait en ce moment le tour de la presse et qui prétend attribuer l'invention à un certain M. Kissam de Brunswick, dans le Maine, me semble, je dois l'avouer, quelque peu apocryphe, pour plusieurs raisons, quoiqu'il n'y ait rien d'impossible ni de très improbable dans l'exposé qui y est fait. Je n'ai pas besoin d'entrer dans les détails. Mon opinion sur l'entrefilet est basée principalement sur son allure. Cela n'a pas l'air vrai. Les gens qui racontent des faits sont rarement aussi pointilleux que M. Kissam semble l'être, quant aux jour, date et lieu précis. De plus, si M. Kissam a vraiment fait la découverte qu'il dit avoir faite, à l'époque indiquée — il y a près de huit ans — comment se fait-il qu'il n'ait pris aucune disposition, *au moment même,* pour récolter les immenses profits qui, le pire des lourdauds l'aurait compris, devaient résulter de la découverte pour lui personnellement, sinon pour le monde entier ? Il me semble tout à fait incroyable qu'un homme d'entendement normal ait pu découvrir ce que M. Kissam déclare avoir découvert,

écrit à Poe après la publication d'*Eureka* pour discuter de ses théories. Une correspondance animée s'ensuivit. La suite du paragraphe conteste symboliquement les théories d'Eveleth. Et, autre clin d'œil de Poe, ce « Kissam » est peut-être bien « Quizzem », et « Quiz » signifie « mystification, plaisanterie ».

and yet have subsequently acted so like a baby – so like an owl – as Mr Kissam *admits* that he did. Bytheway, who *is* Mr Kissam? and is not the whole paragraph in the "Courier and Enquirer" a fabrication got up to "make a talk"? It must be confessed that it has an amazingly moon-hoaxy[1] air. Very little dependence is to be placed upon it, in my humble opinion; and if I were not well aware, from experience, how very easily men of science are *mystified*, on points out of their usual range of inquiry, I should be profoundly astonished at finding so eminent a chemist as Professor Draper[2], discussing Mr Kissam's (or is it Mr Quizzem's?) pretensions to this discovery, in so serious a tone.

But to return to the "Diary" of Sir Humphry Davy. This pamphlet was *not* designed for the public eye, even upon the decease of the writer, as any person at all conversant with authorship may satisfy himself at once by the slightest inspection of the style. At page 13, for example, near the middle, we read, in reference to his researches about the protoxide of azote[3]:

1. « Moon-hoaxy » : à la suite de Baudelaire, nous traduisons « hoax » par « canard » qui désigne, dans l'argot journalistique, le canular, la fausse nouvelle (et aussi, par extension, le journal lui-même). Allusion à la série d'articles *Discoveries in the Moon* (Découvertes sur la Lune) publiée par Richard Adams Locke dans le *Sun* en 1835.

2. John William *Draper* (1811-1882). Chimiste britannique qui émigra aux États-Unis en 1833. Spécialiste de la photochimie, Draper fit progresser la photographie en Amérique. En 1840, il réussit à prendre les premières photographies de la lune. Professeur à l'université de New York, il avait été défendu par Poe en 1845

et ait ensuite agi de façon aussi enfantine, aussi bête, que M. Kissam *admet* avoir agi. À propos, qui est M. Kissam ? Et tout l'entrefilet du « Courier and Enquirer » n'est-il pas une supercherie montée pour « faire jaser » ? Je dois reconnaître qu'il a un air étonnamment luno-canardesque. À mon humble avis, on ne saurait y accorder que très peu de crédit ; et si je ne savais bien, par expérience, comme les hommes de science sont facilement *mystifiés* sur des sujets qui sortent de leur habituel domaine de recherche, j'aurais été profondément étonné de voir un chimiste aussi éminent que le Professeur Draper discuter sur un ton aussi sérieux des prétentions de M. Kissam (ou bien est-ce M. Quizzem ?) à cette découverte.

Mais revenons au « Journal » de Sir Humphry Davy. Cette brochure n'était pas destinée à la publication, même après le décès de son auteur, ainsi que toute personne un tant soit peu familière de la profession littéraire pourra s'en rendre compte immédiatement au simple examen de son style. Page 13, par exemple, vers le milieu, nous lisons, à propos de ses recherches sur le protoxyde d'azote :

contre des attaques journalistiques. Mais Poe, dans une lettre à Eveleth, deux mois après la publication de cette nouvelle, dénonce Draper comme « le chef de la vraie secte des hogistes que je tiens pour la plus intolérante et intolérable secte de fanatiques et de tyrans qui vécut jamais sur la face de la terre » (26 juin 1849).

3. *Le protoxyde d'azote* qui, on s'en doute, n'a rien à voir avec la « découverte » de Von Kempelen, est plus connu sous le nom vulgaire de « gaz hilarant ». Encore un clin d'œil de Poe. Il faut signaler que Davy lui-même pensait que le fondement de l'alchimie, l'obtention de l'or, n'était pas en soi une chose tout à fait impossible.

"In less than half a minute the respiration being continued, diminished gradually and *were* succeeded by analogous to gentle pressure on all the muscles [1]." That the *respiration* was not "diminished", is not only clear by the subsequent context, but by the use of the plural, "were". The sentence, no doubt, was thus intended: "In less than half a minute, the respiration [being continued, these feelings] diminished gradually, and were succeeded by [a sensation] analogous to gentle pressure on all the muscles." A hundred similar instances go to show that the MS. so inconsiderately published, was merely a *rough note-book,* meant only for the writer's own eye; but an inspection of the pamphlet will convince almost any thinking person of the truth of my suggestion. The fact is, Sir Humphry Davy was about the last man in the world to *commit himself* on scientific topics. Not only had he a more than ordinary dislike to quackery, but he was morbidly afraid of *appearing* empirical; so that, however fully he might have been convinced that he was on the right track in the matter now in question, he would never have spoken *out,* until he had every thing ready for the most practical demonstration.

1. La citation ne provient pas de la page 13 d'un hypothétique « Journal », mais de la page 272 du tome 3 des *Collected Works*. Elle est extraite des *Recherches chimiques et philosophiques concernant principalement l'oxyde nitreux et son inhalation* (1799) et le passage n'y figure évidemment pas sous cette forme abrégée mais sous la forme

« En moins d'une demi-minute la respiration ayant continué, diminuèrent graduellement et *furent* suivies par analogue à une douce pression sur tous les muscles. » Que la *respiration* n'ait pas « diminué », ce n'est pas seulement rendu évident par le texte qui suit, mais aussi par l'emploi du pluriel « furent » — la phrase, sans doute, était ainsi conçue : « En moins d'une demi-minute, la respiration ayant continué, ces perceptions diminuèrent graduellement, et furent suivies par une sensation analogue à une douce pression sur tous les muscles. » Une centaine d'exemples semblables tendent à prouver que le manuscrit publié avec tant de légèreté n'était qu'un *carnet de brouillon*, n'ayant de sens qu'aux yeux de son auteur lui-même ; mais un examen de la brochure convaincra à peu près toute personne réfléchie de la pertinence de ma suggestion. Le fait est que Sir Humphry Davy était peut-être bien le dernier homme au monde à *accepter un compromis* dans le domaine scientifique. Non seulement il avait un dégoût plus qu'ordinaire pour le charlatanisme, mais il avait une crainte morbide de *paraître* empirique ; à tel point que, même s'il avait été pleinement assuré d'être sur la bonne piste dans le domaine dont il est actuellement question, il n'en aurait jamais parlé ouvertement avant d'avoir tout préparé en vue de la démonstration la plus efficace.

complète que rétablit plus loin Poe ! Il s'agit de la description des effets du gaz hilarant. Les muscles en question sont ceux de la poitrine et la suite du texte décrit la sensation de chatouillement « éminemment agréable » suivie de la quinte de rire.

I verily believe that his last moments would have been rendered wretched, could he have suspected that his wishes in regard to burning this "Diary" (full of crude speculations) would have been unattended to; as, it seems, they were. I say "his wishes", for that he meant to include this note-book among the miscellaneous papers directed "to be burnt", I think there can be no manner of doubt. Whether it escaped the flames by good fortune or by bad, yet remains to be seen. That the passages quoted above, with the other similar ones referred to, gave Von Kempelen *the hint*, I do not in the slightest degree question; but I repeat, it yet remains to be seen whether this momentous discovery itself (*momentous* under any circumstances,) will be of service or disservice to mankind at large. That Von Kempelen and his immediate friends will reap a rich harvest, it would be folly to doubt for a moment. They will scarcely be so weak as not to "*realize*", in time, by large purchases of houses and land, with other property of *intrinsic* value.

In the brief account of Von Kempelen which appeared in the "Home Journal [1]", and has since been extensively copied,

1. Le *Home Journal* avait lancé en 1846 un appel public pour aider Poe dont la femme Virginia était mourante. Poe reprend, presque mot à mot, la phrase finale d'une note sur *Werther* publiée trois ans auparavant (*Democratic Review,* juillet 1846).

Je crois vraiment qu'on aurait assombri ses derniers instants s'il avait soupçonné qu'on ne respecterait pas ses volontés relatives à la crémation de son « Journal » (rempli de spéculations brutes) ; comme, semble-t-il, ce fut le cas. Je dis « ses volontés », car je pense qu'il n'y a pas le moindre doute qu'il ait voulu inclure ce carnet de notes dans les divers papiers destinés « à être brûlés ». Reste à savoir si c'est par bonne ou par mauvaise fortune que ce carnet a échappé aux flammes. Que les passages cités plus haut, ainsi que d'autres similaires qui s'y rapportent, aient donné à Von Kempelen l'inspiration initiale, je ne le mets pas le moins du monde en question ; mais, je le répète, il reste encore à voir si cette découverte elle-même *importante* (et *importante* quelles qu'en soient les suites), servira ou desservira l'humanité en général. Que Von Kempelen et ses proches amis en récoltent une riche moisson, ce serait folie d'en douter un seul instant. Ils n'auront guère la faiblesse de ne pas « *réaliser* » à temps, par de vastes achats d'immeubles et de terrains, ainsi que d'autres biens de valeur *intrinsèque*.

Dans le compte rendu sommaire sur Von Kempelen qui est paru dans le *Home Journal* et qui, depuis, a été abondamment reproduit,

several misapprehensions of the German original seem to have been made by the translator, who professes to have taken the passage from a late number of the Presburg "Schnellpost[1]". "*Viele*" has evidently been misconceived (as it often is,) and what the translator renders by "sorrows", is probably "*Leiden*", which, in its true version, "sufferings", would give a totally different complexion to the whole account; but, of course, much of this is merely guess, on my part.

Von Kempelen, however, is by no means "a misanthrope", in appearance, at least, whatever he may be in fact. My acquaintance with him was casual altogether; and I am scarcely warranted in saying that I know him at all; but to have seen and conversed with a man of so *prodigious* a notoriety as he has attained, or *will* attain in a few days, is not a small matter, as times go.

"The Literary World[2]" speaks of him, confidently, as a *native* of Presburg (misled, perhaps, by the account in the "Home Journal",) but I am pleased in being able to state *positively*, since I have it from his own lips, that he was born in Utica, in the State of New York, although both his parents, I believe, are of Presburg descent.

---

1. Il y avait à New York depuis 1843 un *Deutsche Schnellpost* (« Courrier allemand ») destiné aux émigrés d'Europe. Presbourg est le nom allemand de Bratislava, l'ancienne capitale de la Hongrie. La ville avait la réputation d'être un centre de sciences occultes.

plusieurs mauvaises interprétations de l'original allemand semblent avoir été faites par le traducteur qui déclare avoir emprunté le passage à un numéro récent du « Schnellpost » de Presbourg — « *Viele* » a de toute évidence été mal compris (comme c'est souvent le cas) et ce que le traducteur rend par « chagrins » est probablement « *Leiden* » qui, dans sa véritable acception de « souffrances », donnerait une tonalité totalement différente à l'ensemble du compte rendu ; mais bien entendu, une bonne partie de tout ceci n'est qu'hypothèse de ma part.

Von Kempelen, en tout cas, n'est en rien un « misanthrope », du moins en apparence, quoi qu'il puisse être par ailleurs. Ma rencontre avec lui fut tout à fait fortuite ; et je me sens à peine autorisé à dire que je le connais vraiment ; mais avoir rencontré un homme d'une notoriété aussi *prodigieuse* que celle qu'il a atteinte, ou qu'il va atteindre d'ici quelques jours, et avoir parlé avec lui, n'est pas une mince affaire étant donné les circonstances.

Le « Literary World » parle de lui avec assurance comme *originaire* de Presbourg (induit en erreur, peut-être, par le compte rendu du « Home Journal ») mais je suis heureux de pouvoir déclarer *positivement*, puisque je le tiens de sa propre bouche, qu'il est né à Utica, dans l'État de New York, quoique ses parents, je crois, descendent de gens de Presbourg.

Plusieurs personnages des contes de Poe en viennent et c'est là, on s'en souvient, que Morella a fait ses études.

2. *The Literary World.* Poe avait d'abord proposé ce texte au rédacteur en chef de ce magazine, Evert A. Duyckinck.

The family is connected, in some way, with Maelzel, of Automaton-chess-player memory [1]. [If we are not mistaken, the name of the *inventor* of the chess-player was either Kempelen, Von Kempelen, or something like it. – Ed.] In person, he is short and stout, with large, *fat*, blue eyes, sandy hair and whiskers, a wide but pleasing mouth, fine teeth, and I think a Roman nose. There is some defect in one of his feet [2]. His address is frank, and his whole manner noticeable for *bonhomie*. Altogether, he looks, speaks and acts as little like "a misanthrope" as any man I ever saw. We were fellow-sojourners for a week, about six years ago, at Earl's Hotel, in Providence, Rhode Island [3]; and I presume that I conversed with him, at various times, for some three or four hours altogether. His principal topics were those of the day; and nothing that fell from him led me to suspect his scientific attainments. He left the hotel before me, intending to go to New York, and thence to Bremen; it was in the latter city that his great discovery was first made public;

1. La « machine » joueuse d'échecs inventée par Wolfgang Von Kempelen en 1769, avait fait le tour de l'Europe. S'y étaient mesurés aussi bien Napoléon que Catherine II. Elle fut introduite aux États-Unis par Johann Nepomuk Maelzel, lui-même inventeur de machines musicales comme le Panharmonicon ou l'Orchestrion. Dans son étude Poe démontre, par la logique et en se basant sur une observation minutieuse, que les pièces de l'échiquier étaient en fait déplacées par un être humain dissimulé dans l'un des compartiments de la table. D'ailleurs la machine avait permis à Von

La famille est vaguement liée à Maelzel, fameux pour son automate joueur d'échecs. (Si nous ne nous trompons pas, le nom de l'inventeur du joueur d'échecs était Kempelen, Von Kempelen, ou quelque chose comme cela — ED.) De sa personne, il est petit et trapu, avec de grands yeux bleus, *luisants,* des cheveux et des favoris blond-roux, une bouche large mais agréable, de belles dents, et, je crois, un nez aquilin. L'un de ses pieds présente quelque infirmité. Son abord est franc et tout son comportement respire la *bonhomie*. Dans l'ensemble il paraît, parle et agit aussi peu en « misanthrope » que n'importe quel autre homme que j'aie rencontré. Nous avons été compagnons de villégiature durant une semaine, il y a six ans environ, à l'Earl's Hotel de Providence, Rhode Island; et j'ai dû m'entretenir avec lui, à diverses reprises, quelque trois ou quatre heures en tout. Ses principaux sujets de conversation étaient ceux de l'actualité; et rien de ce qu'il me dit ne me permit de deviner ses connaissances scientifiques. Il quitta l'hôtel avant moi avec l'intention d'aller à New York puis de là à Brême; c'est dans cette dernière ville que sa grande découverte fut tout d'abord rendue publique,

Kempelen de faire évader de Russie le proscrit polonais Wronski. Après diverses tribulations américaines, le pseudo-automate disparut dans l'incendie du musée chinois de Philadelphie en 1854.

2. Boiteux, les yeux « luisants », les cheveux roux : ne seraient-ce pas là quelques signes distinctifs du diable lui-même?

3. L'année précédente Poe avait séjourné à l'Earl's Hotel de Providence. C'est à cet hôtel aussi qu'il fit une lecture publique de son *Principe poétique* (20 décembre 1848).

or, rather, it was there that he was first suspected of having made it. This is about all that I personally know of the now immortal Von Kempelen; but I have thought that even these few details would have interest for the public.

There can be little question that most of the marvellous rumors afloat about this affair, are pure inventions, entitled to about as much credit as the story of Aladdin's lamp; and yet, in a case of this kind, as in the case of the discoveries in California [1], it is clear that the truth *may be* stranger than fiction. The following anecdote, at least, is so well authenticated, that we may receive it implicitly.

Von Kempelen had never been even tolerably well off during his residence at Bremen; and often, it was well known, he had been put to extreme shifts, in order to raise trifling sums. When the great excitement occurred about the forgery on the house of Gutsmuth & Co., suspicion was directed towards Von Kempelen, on account of his having purchased a considerable property in Gasperitch Lane [2], and his refusing, when questioned, to explain how he became possessed of the purchase money.

1. *Les découvertes de Californie :* la première « ruée vers l'or » de Californie qui bat son plein au moment où Poe rédige son « article » sur Von Kempelen. Le 24 janvier 1848, on découvrit de l'or dans la rivière Sacramento. La nouvelle se répandit dans le monde entier. En deux ans la Californie passa de 15 000 à 92 000 habitants. En 1856, les 500 000 habitants seront dépassés et de 1848 à 1856, 752 tonnes d'or auront été produites. Il y a comme une intuition

ou plutôt, c'est là qu'en premier lieu on le soupçonna de l'avoir faite. Voilà à peu près tout ce que personnellement je sais du désormais immortel Von Kempelen ; mais j'ai pensé que même ces quelques détails pouvaient avoir de l'intérêt pour le public.

On ne peut guère douter que la plupart des rumeurs étonnantes lancées autour de cette affaire ne soient de pures inventions, dignes d'à peu près autant de crédit que l'histoire de la lampe d'Aladin ; et pourtant, dans un cas de ce genre, comme dans le cas des découvertes de Californie, il est clair que la vérité peut être plus étrange encore que la fiction. L'anecdote suivante, au moins, est si bien authentifiée que nous pouvons l'accepter sans réserve.

Von Kempelen n'avait jamais joui d'une véritable aisance durant son séjour à Brême ; et souvent, c'était bien connu, il en avait été réduit aux derniers expédients pour se procurer de menues sommes. Lorsque se produisit cette grande agitation à propos de la fausse traite sur la maison Gutsmuth et Cie, les soupçons se portèrent sur Von Kempelen, parce qu'il venait d'acquérir une importante propriété rue Gasperitch et qu'il refusait quand on l'interrogeait d'expliquer comment il s'était procuré l'argent de cet achat.

prophétique dans l'article de Poe car c'est la ruée vers l'or californien qui déclencha la fin du système bimétalliste et l'avènement du seul étalon-or.

2. Jeu de mots sur *Gutsmuths* et *Gaspari :* espèces de « Malet-Isaac » de l'époque, les Allemands Johann Cristoph Gutsmuths et Adam Christian Gaspari étaient les auteurs très célèbres de livres de classe de géographie dont Poe avait d'ailleurs rendu compte quatre ans plus tôt.

He was at length arrested, but nothing decisive appearing against him, was in the end set at liberty. The police, however, kept a strict watch upon his movements, and thus discovered that he left home frequently, taking always the same road, and invariably giving his watchers the slip in the neighbourhood of that labyrinth of narrow and crooked passages known by the flash-name of the "Dondergat[1]." Finally, by dint of great perseverance, they traced him to a garret in an old house of seven stories, in an alley called Flatzplatz; and, coming upon him suddenly, found him, as they imagined, in the midst of his counterfeiting operations. His agitation is represented as so excessive that the officers had not the slightest doubt of his guilt. After hand-cuffing him, they searched his room, or rather rooms; for it appears he occupied all the *mansarde*.

Opening into the garret where they caught him, was a closet, ten feet by eight, fitted up with some chemical apparatus, of which the object has not yet been ascertained. In one corner of the closet was a very small furnace, with a glowing fire in it, and on the fire a kind of duplicate crucible – two crucibles connected by a tube.

1. *Dondergat :* le mot est forgé par Poe à partir de racines nordiques évoquant le tonnerre. La topographie de la ville hanséatique vue par Poe est aussi fantaisiste que celle du Paris de *Double assassinat dans la rue Morgue,* ou de la Venise du *Rendez-vous.*

On finit par l'arrêter, mais rien de décisif ne pouvant être retenu contre lui, il fut en fin de compte remis en liberté. La police, cependant, continua à surveiller scrupuleusement ses mouvements, et découvrit ainsi qu'il quittait fréquemment son domicile, prenant toujours le même chemin, et semant invariablement ses suiveurs au voisinage de ce labyrinthe de ruelles étroites et tortueuses connu sous le nom populaire de « Dondergat ». Finalement, au prix d'une grande persévérance, ils le pistèrent jusqu'à la mansarde d'un vieil immeuble de sept étages, dans un passage appelé Flatzplatz ; et, faisant brusquement irruption chez lui, ils le trouvèrent, comme ils le crurent, au beau milieu de ses opérations de faux-monnayage. Son trouble fut si intense, dit-on, que les policiers n'eurent pas le moindre doute quant à sa culpabilité. Après lui avoir passé les menottes, ils fouillèrent la pièce, ou plutôt les pièces ; car il paraît qu'il occupait toute la *mansarde*.

Donnant sur la soupente où ils le prirent, il y avait un réduit de dix pieds sur huit, garni d'appareils de chimie, dont l'objet n'a pas encore été établi. Dans un coin du réduit, il y avait un très petit four, avec à l'intérieur un feu rougeoyant, et sur le feu une espèce de double creuset — deux creusets réunis par un tube.

One of these crucibles was nearly full of *lead* in a state of fusion, but not reaching up to the aperture of the tube, which was close to the brim. The other crucible had some liquid in it, which, as the officers entered, seemed to be furiously dissipating in vapor. They relate that, on finding himself taken, Von Kempelen seized the crucibles with both hands (which were encased in gloves that afterwards turned out to be asbestic), and threw the contents on the tiled floor. It was now that they hand-cuffed him; and, before proceeding to ransack the premises, they searched his person, but nothing unusual was found about him, excepting a paper parcel, in his coat pocket, containing what was afterwards ascertained to be a mixture of antimony and some *unknown substance,* in nearly, but not quite, equal proportions. All attempts at analyzing the unknown substance have, so far, failed, but that it will ultimately be analyzed, is not to be doubted.

Passing out of the closet with their prisoner, the officers went through a sort of ante-chamber, in which nothing material was found, to the chemist's sleeping-room. They here rummaged some drawers and boxes, but discovered only a few papers, of no importance, and some good coin, silver and gold. At length, looking under the bed, they saw *a large, common hair trunk, without hinges, hasp, or lock,* and with the top lying carelessly *across* the bottom portion. Upon attempting to draw this trunk out from under the bed,

L'un de ces creusets était presque plein de plomb en fusion, mais n'atteignant pas l'embouchure du tube qui s'ouvrait tout près du bord. Dans l'autre creuset, il y avait un liquide qui, au moment où les policiers entrèrent, semblait se dissiper vivement en vapeur. Ils rapportent que, se voyant pris, Von Kempelen saisit les creusets des deux mains (couvertes de gants dont on sut plus tard qu'ils étaient d'amiante), et en jeta le contenu sur le sol carrelé. C'est alors qu'ils lui passèrent les menottes ; et, avant de procéder à la perquisition des lieux, ils fouillèrent sa personne, mais on ne trouva sur lui rien d'insolite, sauf, dans la poche de sa veste, un paquet enveloppé dans du papier et contenant ce qui fut par la suite défini comme un mélange d'antimoine et de quelque *substance inconnue*, dans des proportions presque mais pas tout à fait égales. Toutes les tentatives d'analyse de la substance inconnue ont jusqu'à présent échoué, mais on ne peut douter qu'on finira bien par l'analyser.

Sortant du réduit avec leur prisonnier, les policiers traversèrent une sorte d'antichambre dans laquelle ils ne trouvèrent rien d'important et passèrent dans la chambre du chimiste. Là, ils vidèrent des tiroirs et des coffres, mais ne découvrirent que quelques papiers sans grande importance, et quelques pièces de monnaie d'argent et d'or. Enfin, regardant sous le lit, ils virent *une grande malle ordinaire de cuir brut, sans charnières, fermoir ni serrure,* et dont le couvercle était négligemment posé *de travers* sur la partie inférieure. En essayant de tirer cette malle de sous le lit,

they found that, with their united strength (there were three of them, all powerful men), they "could not stir it one inch." Much astonished at this, one of them crawled under the bed, and looking into the trunk, said:

"No wonder we couldn't move it – why, it's full to the brim of old bits of brass!"

Putting his feet, now, against the wall, so as to get a good purchase, and pushing with all his force, while his companions pulled with all theirs, the trunk, with much difficulty, was slid out from under the bed, and its contents examined. The supposed brass with which it was filled was all in small, smooth pieces, varying from the size of a pea to that of a dollar; but the pieces were irregular in shape, although all more or less flat – looking, upon the whole, "very much as lead looks when thrown upon the ground in a molten state, and there suffered to grow cool". Now, not one of these officers for a moment suspected this metal to be anything *but* brass. The idea of its being *gold* never entered their brains, of course; how *could* such a wild fancy have entered it? And their astonishment may be well conceived, when next day it became known, all over Bremen, that the "lot of brass" which they had carted so contemptuously to the police office, without putting themselves to the trouble of pocketing the smallest scrap,

ils découvrirent que même en unissant leurs forces (ils étaient trois, tous des hommes vigoureux), ils ne « pouvaient la faire bouger d'un pouce ». Fort étonné, l'un d'eux rampa sous le lit, et, regardant à l'intérieur de la malle, déclara :

« Pas étonnant qu'on ne puisse la bouger — eh bien, elle est pleine à ras bord de vieux morceaux de cuivre ! »

Il s'arc-bouta alors des pieds contre le mur, afin d'avoir un bon appui, et poussa de toutes ses forces, tandis que ses compagnons tiraient de toutes les leurs, et ainsi la malle fut-elle extraite avec beaucoup de difficulté de sous le lit et son contenu examiné. Le supposé cuivre dont elle était remplie se présentait entièrement sous l'aspect de petits morceaux lisses, variant de la taille d'un pois à celle d'une pièce d'un dollar ; mais les morceaux étaient de forme irrégulière, quoique tous plus ou moins plats — ressemblant, dans l'ensemble, « beaucoup au plomb quand on l'a versé par terre à l'état fondu, et qu'on l'y a laissé refroidir ». Or pas un de ces policiers ne pensa un moment que ce métal pouvait être autre chose *que* du cuivre. Bien sûr, l'idée que ce pouvait être de l'*or* ne leur effleura jamais l'esprit : comment une idée aussi fantastique *aurait*-elle pu le faire ? Et on peut fort bien imaginer quel fut leur étonnement lorsque, le jour suivant, on apprit dans tout Brême, que le « tas de cuivre » qu'ils avaient charrié avec tant de mépris jusqu'au bureau de police, sans même prendre la peine d'en empocher la moindre parcelle,

was not only gold – real gold – but gold far finer than any employed in coinage – gold, in fact, absolutely pure, virgin, without the slightest appreciable alloy!

I need not go over the details of Von Kempelen's confession (as far as it went) and release, for these are familiar to the public. That he has actually realized, in spirit and in effect, if not to the letter, the old chimera of the philosopher's stone, no sane person is at liberty to doubt. The opinions of Arago are, of course, entitled to the greatest consideration; but he is by no means infallible; and what he says of *bismuth*, in his report to the academy, must be taken *cum grano salis* [1]. The simple truth is, that up to this period, *all* analysis has failed; and until Von Kempelen chooses to let us have the key to his own published enigma, it is more than probable that the matter will remain, for years, *in statu quo*. All that yet can fairly be said to be known, is, that "*pure gold can be made at will, and very readily, from lead, in connection with certain other substances, in kind and in proportions, unknown*".

Speculation, of course, is busy as to the immediate and ultimate results of this discovery – a discovery which few thinking persons will hesitate in referring to an increased interest in the matter of gold generally, by the late developments in California; and this reflection brings us inevitably to another – the exceeding *inopportuneness* of Von Kempelen's analysis.

1. *Cum grano salis,* expression latine médiévale qui peut se traduire : « avec des pincettes » ou « avec circonspection ».

était non seulement de l'or — de l'or véritable — mais même de l'or bien plus fin que tout l'or utilisé pour la frappe de monnaie — de l'or, en fait, absolument pur, vierge, sans la moindre trace d'alliage !

Je n'ai pas besoin d'entrer dans les détails de la confession de Von Kempelen (pour autant qu'il y en eût) et de sa remise en liberté, car ces faits sont bien connus du public. Qu'il ait vraiment réalisé, en théorie et en pratique, sinon à la lettre, la vieille chimère de la pierre philosophale, aucune personne sensée n'a désormais la liberté d'en douter. Les opinions d'Arago méritent, bien entendu, la plus grande considération ; mais il n'a rien d'infaillible ; et ce qu'il dit du *bismuth*, dans son rapport à l'académie, doit être pris *cum grano salis*. La simple vérité c'est que jusqu'à présent, *toutes* les analyses ont échoué ; et jusqu'à ce que Von Kempelen décide de nous donner la clé de l'énigme qui vient d'être rendue publique, il est plus que probable que le sujet restera pour des années *in statu quo*. Tout ce qu'on peut cependant dire de certain, c'est que « *de l'or pur peut être produit à volonté, et très facilement, à partir du plomb, en contact avec certaines autres substances, de nature et de proportions inconnues* ».

La spéculation est évidemment vive quant aux résultats immédiats et ultérieurs de cette découverte — une découverte que peu de personnes réfléchies hésiteront à lier à ce regain d'intérêt pour la question générale de l'or qu'ont suscité les derniers développements de Californie ; et cette réflexion nous amène inévitablement à une autre — l'extrême *inopportunité* de l'expérience de Von Kempelen.

If many were prevented from adventuring to California, by the mere apprehension that gold would so materially diminish in value, on account of its plentifulness in the mines there, as to render the speculation of going so far in search of it a doubtful one – what impression will be wrought *now*, upon the minds of those about to emigrate, and especially upon the minds of those actually in the mineral region, by the announcement of this astounding discovery of Von Kempelen? a discovery which declares, in so many words, that beyond its intrinsic worth for manufacturing purposes, (whatever that worth may be), gold now is, or at least soon will be (for it cannot be supposed that Von Kempelen can *long* retain his secret) of no greater *value* than lead, and of far inferior value to silver. It is, indeed, exceedingly difficult to speculate prospectively upon the consequences of the discovery; but one thing may be positively maintained – that the announcement of the discovery six months ago, would have had material influence in regard to the settlement of California.

In Europe, as yet, the most noticeable results have been a rise of two hundred per cent in the price of lead, and nearly twenty-five per cent in that of silver.

Si déjà beaucoup ont hésité à s'aventurer en Californie par la seule crainte que l'or diminue si concrètement de valeur en raison de son abondance dans les mines de cette région au point que cela rende hasardeuse la décision d'aller le chercher si loin — quel va donc être l'effet produit sur les esprits de ceux qui sont prêts à émigrer, et encore plus sur l'esprit de ceux qui se trouvent à l'heure actuelle dans la région minière, après l'annonce de cette stupéfiante découverte de Von Kempelen ? Une découverte qui annonce à proprement parler qu'en dehors de sa valeur intrinsèque pour les besoins industriels (quelle que puisse être cette valeur), l'or est désormais ou du moins sera bientôt (car on ne peut imaginer que Von Kempelen puisse garder *longtemps* son secret) d'une *valeur* pas plus élevée que celle du plomb, et d'une valeur bien inférieure à celle de l'argent. Il est, certes, excessivement difficile de spéculer sur l'avenir quant aux conséquences de la découverte ; mais une chose peut positivement être soutenue — c'est que si l'annonce de la découverte avait été faite il y a six mois, elle aurait eu une influence décisive sur l'immigration en Californie.

En Europe, jusqu'à présent, les résultats les plus notables ont été une hausse de deux cents pour cent sur le prix du plomb, et de près de vingt-cinq pour cent sur celui de l'argent.

BIBLIOGRAPHIE

« *Mystification* ». Première publication : *American Monthly Magazine*, IX, juin 1837, sous le titre « *Von Jung, the Mystific* ». Puis : *Tales of the Grotesque and Arabesque*, 1840, sous le titre « *Von Jung* ». Avec le titre définitif : *Broadway Journal*, 27 décembre 1845. Nous nous basons sur la version de 1845, allégée par Poe (qui supprime l'énumération des événements burlesques survenus à G—n, une bonne partie du portrait de Ritzner et une longue description du personnage d'Hermann).

« *The Man that was Used up* ». Première publication : *Burton's Gentleman's Magazine*, août 1839. Puis : *Tales of the Grotesque and Arabesque*, 1840 ; *The Prose Romances of Edgar Allan Poe*, 1843 ; *New Mirror*, 9 septembre 1843 ; *Broadway Journal*, 9 août 1845.

« *The Spectacles* ». Première publication : *Dollar Newspaper*, 27 mars 1844. Puis : *Broadway Journal*, 22 novembre 1845.

« *Thou Art the Man* ». Première publication : *Godey's Lady's Book*, novembre 1844.

« *The Sphinx* ». Première publication : *Arthur's Ladie's Magazine*, janvier 1846.

« *Von Kempelen and his discovery* ». Première publication : *The Flag of our Union*, 14 avril 1849.

DANS LA MÊME COLLECTION

ANGLAIS

CAPOTE *One Christmas / The Thanksgiving visitor /* Un Noël / L'invité d'un jour
CONRAD *Typhoon /* Typhon
DAHL *Two fables /* La Princesse et le braconnier
FAULKNER *As I lay dying /* Tandis que j'agonise
KIPLING *Wee Willie Winkie /* Wee Willie Winkie (à paraître)
POE *Mystification and other tales /* Mystification et autres contes
SWIFT *A voyage to Lilliput /* Voyage à Lilliput
UHLMAN *Reunion /* L'ami retrouvé
WELLS *The time Machine /* La Machine à explorer le temps

ALLEMAND

CHAMISSO *Peter Schlemihls wundersame Geschichte /* L'histoire extraordinaire de Peter Schlemihl (à paraître)
FREUD *Ein Kindheitserinnerung des Leonardo da Vinci /* Un souvenir d'enfance de Léonard de Vinci
GOETHE *Die Leiden des jungen Werther /* Les souffrances du jeune Werther
GRIMM *Märchen /* Contes
HANDKE *Die Lehre der Sainte-Victoire /* La leçon de la Sainte-Victoire
KAFKA *Die Verwandlung /* La métamorphose
KLEIST *Die Markise von O / Der Zweikampf /* La Marquise d'O / Le duel (à paraître)

RUSSE

DOSTOÏEVSKI *Кроткая / Сон смешного человека /* Douce / Le songe d'un homme ridicule
GOGOL *Записки сумасшедшего / Нос / Шинель /* Le journal d'un fou / Le nez / Le manteau
TOURGUÊNIEV *Первая любовь /* Premier amour

ITALIEN

GOLDONI *La Locandiera* / La Locandiera
MORAVIA *L'amore conjugale* / L'amour conjugal
PIRANDELLO *Novelle per un anno* / Nouvelles pour une année (choix)
PIRANDELLO *Novelle per un anno II* / Nouvelles pour une année II (choix)

ESPAGNOL

BORGES *El libro de arena* / Le livre de sable
CARPENTIER *Concierto barroco* / Concert baroque
CERVANTES *Novelas ejemplares* / Nouvelles exemplaires (choix)
VARGAS LLOSA *Los cachorros* / Les chiots

PORTUGAIS

MACHADO DE ASSIS *O alienista* / L'aliéniste

DU MÊME AUTEUR
DANS LA COLLECTION FOLIO

Aventures d'Arthur Gordon Pym (n° 658)
Histoires extraordinaires (n° 310)
Histoires grotesques et sérieuses (n° 1040)
Ne pariez jamais votre tête au diable et autres contes non traduits par Baudelaire (n° 2048)
Nouvelles histoires extraordinaires (n° 801)

Impression Bussière à Saint-Amand (Cher),
le 16 mars 1992.
Dépôt légal : mars 1992.
Numéro d'imprimeur : 195.
ISBN 2-07-038529-9. / Imprimé en France.